万物之美

《诗经》千年风物图解

[日]细井徇——绘
王远——著

湖南人民出版社

图书在版编目（CIP）数据

万物之美 / 王远著；（日）细井徇绘. —长沙：湖南人民出版社，2020.10
ISBN 978-7-5561-2477-0

I. ①万… II. ①王… ②细… III. ①《诗经》—诗歌欣赏②《诗经》—注释 IV. ①I207.222

中国版本图书馆CIP数据核字（2020）第083595号

WANWU ZHI MEI
万物之美

著　　者　王　远
绘　　者　［日］细井徇
出版统筹　张宇霖
监　　制　陈　实
产品经理　田　野
责任编辑　李思远　田　野
特约编辑　丁大重
责任校对　谢　喆
装帧设计　水玉银文化

出版发行　湖南人民出版社有限责任公司［http://www.hnppp.com］
地　　址　长沙市营盘东路3号
电　　话　0731-82683313

印　　刷　湖南超峰印刷有限公司
版　　次　2020年10月第1版
　　　　　　2020年10月第1次印刷
开　　本　710 mm×1000 mm　1/16
印　　张　18
字　　数　150千字
书　　号　ISBN 978-7-5561-2477-0
定　　价　98.00元

营销电话：0731-82683348　（如发现印装质量问题请与出版社调换）

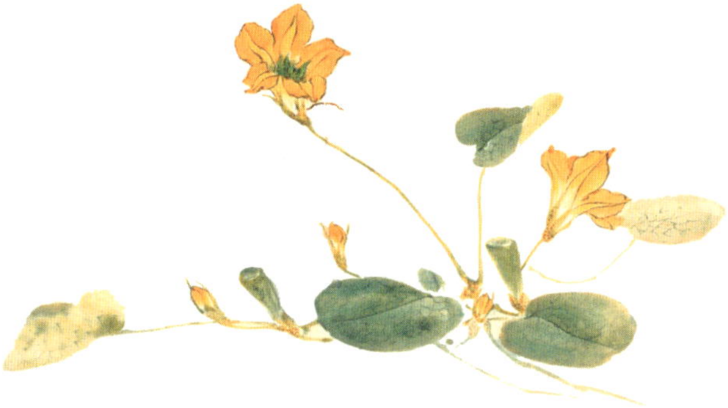

目录

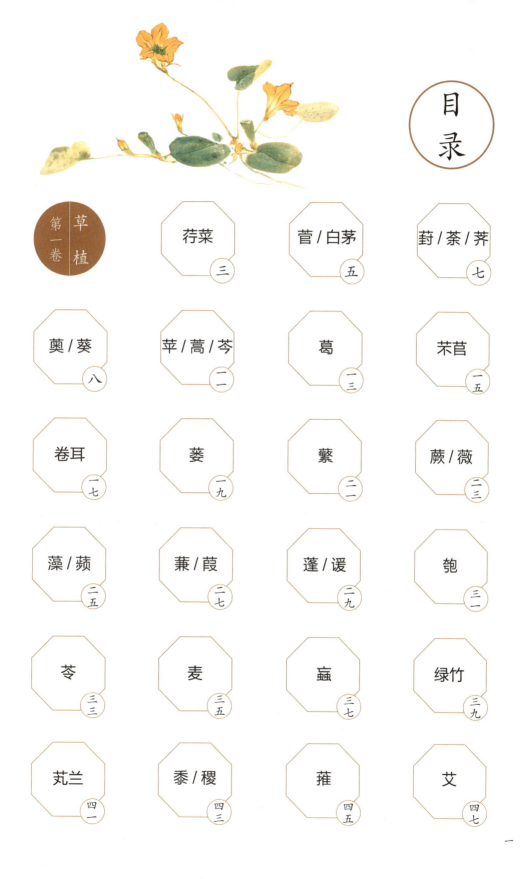

第二卷 树木

第三卷 鸟禽

第四卷 走兽

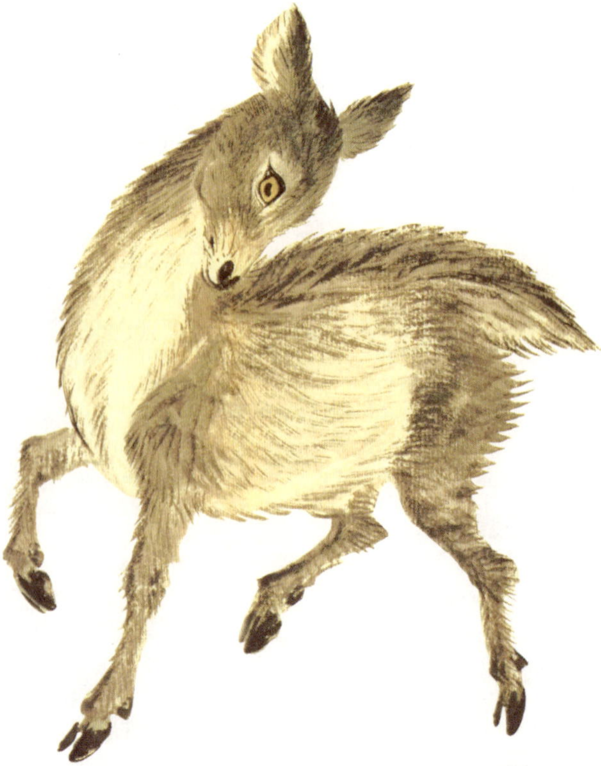

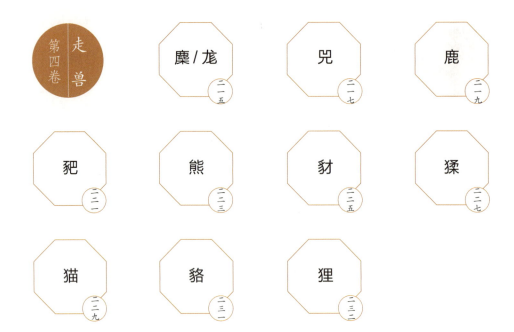

第五卷 鱼及其他

第六卷 昆虫

第一卷

草植

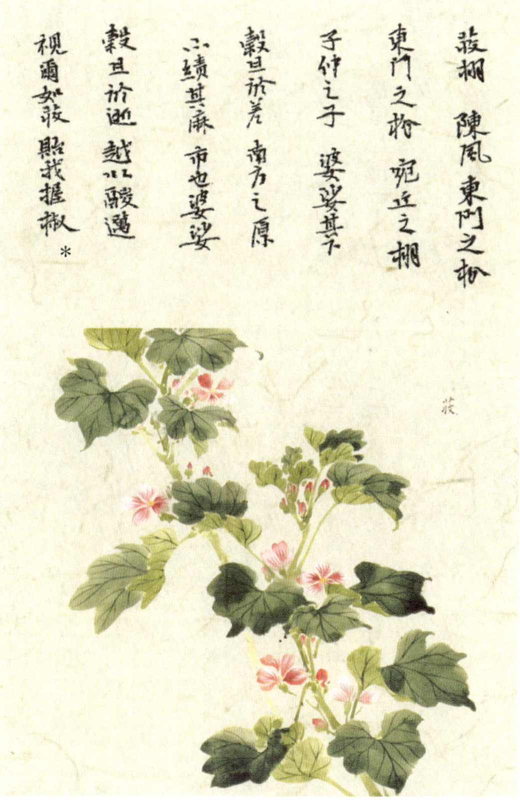
荍栩 陳風 東門之枌
東門之枌 宛丘之栩
子仲之子 婆娑其下
穀旦於差 南方之原
不績其麻 市也婆娑
穀旦於逝 越以鬷邁
視爾如荍 貽我握椒
荍

* 图中出现的行书繁体字为设计元素，下文不再一一注明。题写：姚忠林。

《周南·关雎》

关关雎鸠【一】，在河之洲【二】。窈窕淑女【三】，君子好逑【四】。参差荇菜，左右流【五】之。窈窕淑女，寤寐【六】求之。求之不得，寤寐思服。悠哉悠哉【七】，辗转反侧。参差荇菜，左右采之。窈窕淑女，琴瑟友【八】之。参差荇菜，左右芼之。窈窕淑女，钟鼓乐【九】之。

题解 这是一首描写男女恋情的诗。一位青年爱上了一位在河边采荇菜的女子，他赞美女子的美丽贤淑，因为思念夜夜辗转难眠。但有情人终成眷属，最终在一片琴瑟和鸣、钟鼓齐乐声中，青年迎娶女子回家。

注释

【一】**关关** 象声词，指雎鸠的叫声。**雎**（jū）**鸠** 水鸟名，又名王雎，即现在所称鱼鹰。据说雎雄有定偶，至死不分离。

【二】**洲** 水中的高地，即沙滩。

【三】**窈窕** 容貌美好文静的样子。**淑** 形容品德贤良。

【四】**好**（hǎo）**逑**（qiú） 好的配偶。

【五】**流** 与下文中的『采』『芼（mào）』皆为挑选、摘取之意。描写时而向左、时而向右摘取荇菜的样子。

【六】**寤**（wù）**寐**（mèi） 醒和睡，指日日夜夜。

【七】**悠哉** 指思念绵绵不断。

【八】**友** 亲近。

【九】**乐** 使（淑女）快乐。

荇菜

荇菜，又名莕菜、水荷叶，是浅水性水生植物。其叶面如莲叶浮于水面，花茎柔软多枝匍匐生长，花朵呈明黄色立于水上。原产于中国，分布广泛，后传播至日本、韩国、印度等地，如今于欧洲温带地区也有分布。荇菜不挑剔生长环境，花朵鲜艳美丽，可用于美化水面，同时也是良好的水生青绿饲料。荇菜亦可入药，食用后能够清热解毒、消肿利尿。

《小雅·白华》

白华菅【一】兮，白茅束兮。之子之【二】远，俾【三】我独兮。
英英【四】白云，露【五】彼菅茅。天步【六】艰难，之子不犹。
滮池北流，浸彼稻田。啸歌伤怀，念彼硕人【七】。
樵彼桑薪，卬烘于煁【八】。维彼硕人，实劳我心。
鼓钟于宫，声闻于外。念子懆懆【九】，视我迈迈【十】。
有鹙在梁，有鹤在林。维彼硕人，实劳我心。
鸳鸯在梁，戢【十一】其左翼。之子无良，二三其德【十二】。
有扁斯石，履之卑兮。之子之远，俾我疧【十三】兮。

题解 这是一首表达弃妇哀怨的诗。女主人公是一位贵族女子，她怨恨自己丈夫的离弃，却仍痴情地思念他，将内心的孤独、悲伤与愤恨表达得淋漓尽致。

注释

【一】**菅**（jiān） 多年生草本植物，又名芦芒。
【二】**之** 前往。
【三】**俾**（bǐ） 使。
【四】**英英** 又作『泱泱』，形容云轻盈明亮的样子。
【五】**露** 沾染。
【六】**天步** 天运，命运。
【七】**硕人** 高大的人，犹『美人』。此处当指其心中的英俊男子。
【八】**卬**（áng） 我。女子自称。**煁**（chén） 越冬烘火的移动炉灶。
【九】**懆懆** 愁苦不安。
【十】**迈迈** 不高兴。
【十一】**戢**（jí） 鸟把嘴插在翅膀和身体间的缝隙里休息。
【十二】**二三其德** 意指三心二意，感情不专一。
【十三】**疧**（qí） 因忧愁而得相思病。

菅／白茅

菅，即菅草，属双子叶植物纲禾本科多年生草本植物。在全国广泛分布，生于海拔 300 ~ 2500 米的山坡灌丛、草地或林缘向阳处。

白茅，又称茅、茅针、茅根，是多年生草本植物。白茅长有粗壮的长根状茎，顶端长有柔软的白毛。常生长于低山带平原河岸草地、沙质草甸、荒漠与海滨。白茅根可入药，味甘，性寒，有凉血止血、清热利尿的功效。

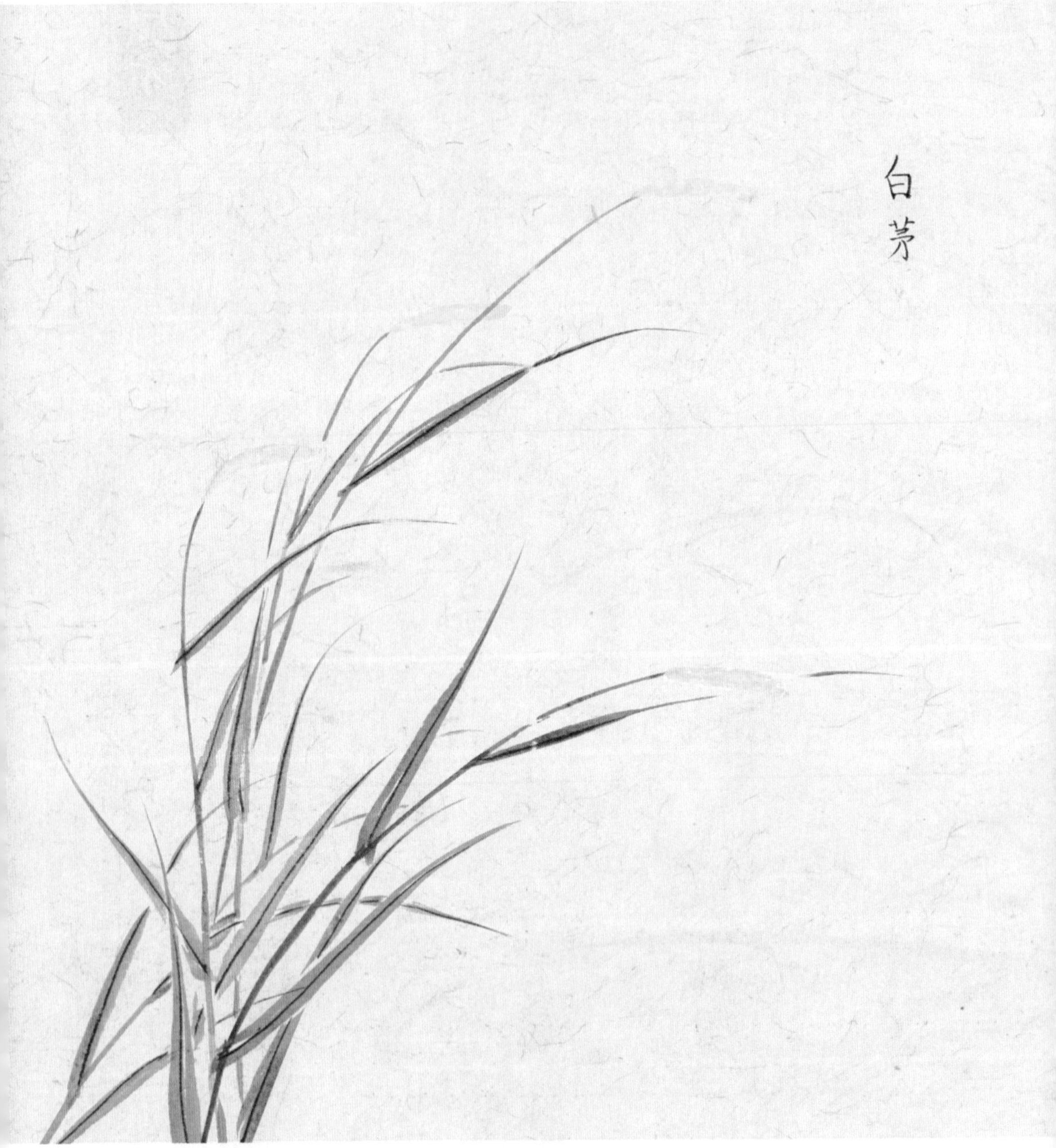

白茅

葵

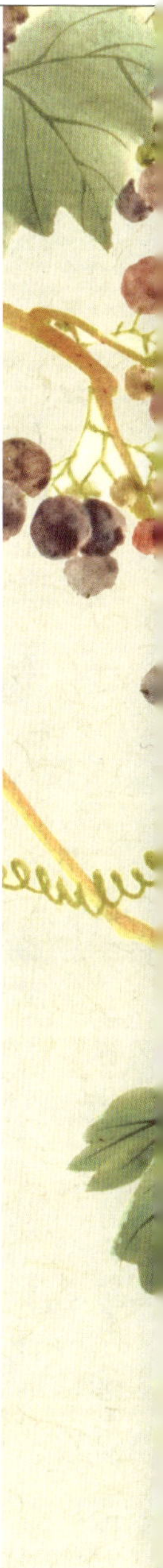

茶

同心，不宜有怒。采葑采菲，无以下体【三】。德音莫违，及尔同死。

行道迟迟，中心有违。不远伊迩【四】，薄送我畿【五】。谁谓茶苦？其甘如荠。宴尔新昏，如兄如弟。

泾以渭浊，湜湜【六】其沚。宴尔新昏，不我屑【七】以。毋逝我梁，毋发我笱【八】。我躬不阅，遑恤我后！

就其深矣，方之舟之。就其浅矣，泳之游之。何有何亡，黾勉求之。凡民有丧，匍匐救之。

不我能慉【九】，反以我为雠【十】，既阻我德，贾用不售。昔育恐育鞫【十一】，及尔颠覆。既生既育，比予于毒。

我有旨蓄，亦以御冬。宴尔新昏，以我御穷。有洸有溃【十二】，既诒我肄【十三】。不念昔者，伊余来塈【十四】。

题解 这是一首弃妇表达怨怒的苦情

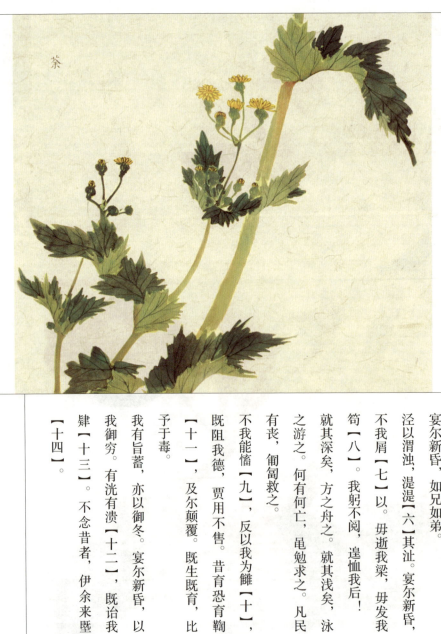

葑

葑(fēng)，即芜菁，俗称大头菜。块根肉质，根肉质白色或黄色，茎直立，叶片很大，花朵呈鲜黄色。芜菁的根可以熟食或用来制作酸菜，也可作饲料。高寒山区用以代粮。有一定的药用价值，具有消食下气、解毒消肿之功效。

荼，即苦苣菜，又名苦菜、小鹅菜，为菊科草本植物。生于田野、路旁、村舍附近。其嫩茎叶可以食用，只是味道奇苦。苦苣菜全草入药，有清热解毒、凉血止血、祛湿降压的功效。

荠，即荠菜，又叫香荠，因其香气浓郁得名。是一种药食两用植物，食用口感佳，同时具有很高的药用价值，有利尿、止血、清热、明目、消积功效。

《邶风·谷风》

七月流火【一】，九月授衣【二】。一之日觱发【三】，二之日栗烈【四】。无衣无褐，何以卒岁。三之日于耜，四之日举趾【五】。同我妇子，馌彼南亩，田畯至喜。

七月流火，九月授衣。春日载阳，有鸣仓庚【六】。女执懿【七】筐，遵彼微行，爰【八】求柔桑。春日迟迟，采蘩祁祁。女心伤悲，殆及公子同归【九】。

七月流火，八月萑苇。蚕月条桑，取彼斧斨【十】，以伐远扬，猗彼女桑。七月鸣鵙【十一】，八月载绩。载玄载黄，我朱孔阳，为公子裳。

四月秀葽，五月鸣蜩。八月其获，十月陨萚【十二】。一之日于貉，取彼狐狸，为公子裘。二之日其同，载缵【十三】武功，言私其豵【十四】，献豜【十五】于公。

五月斯螽动股，六月莎鸡振羽，七月在野，八月在宇，九月在户，十月蟋蟀入我床下。穹窒熏鼠，塞向墐【十六】户。嗟我妇子，曰为改岁，入此室处。

六月食郁及薁，七月亨葵及菽，八月剥枣，十月获稻，为此春酒，以介眉寿。七月食瓜，八月断壶，九月叔苴，采荼薪樗，食我农夫。

九月筑场圃，十月纳禾稼。黍稷重穋，禾麻菽麦。嗟我农夫，我稼既同，上入执宫功。昼尔于茅，宵尔索绹【十七】。亟其乘屋，其始播百谷。

二之日凿冰冲冲【十八】，三之日纳于凌阴。四之日其蚤【十九】，献羔祭韭。九月肃霜，十月涤场。朋酒斯飨，曰杀羔羊。跻彼公堂，称彼兕觥，万寿无疆。

【一】七月流火 [illegible]后逐渐向西偏移，天气逐渐转凉。

【二】授衣 将裁制冬衣的工作交给女工。

【三】一之日 十月以后第一个月的日子。以下二之日、三之日等仿此。为周历纪日法。觱(bì)发(bō) 大风触物声。

【四】栗烈 或作「凛冽」，形容气候寒冷。

【五】举趾 「趾」，脚。意为去耕田。

【六】仓庚 鸟名，就是黄莺。

【七】懿 (yì) 深。

【八】爰(yuán) 语词，犹「曰」。

【九】殆及公子同归 是说怕被国君之子强迫带回家去。一说指怕被女公子带去陪嫁。

【十】斨(qiāng) 方孔的斧头。

【十一】鵙(jú) 鸟名，即伯劳。

【十二】陨萚(tuò) 落叶。

【十三】缵(zuǎn) 继续。

【十四】豵(zōng) 一岁的小猪，这里用来代表比较小的兽。

【十五】豜(jiān) 三岁的猪，代表大兽。

【十六】墐 用泥涂抹。贫家门扇用柴竹编成，涂泥使它不通风。

【十七】索 动词，指制绳。绹(táo) 绳。

【十八】冲冲 古读如「沉沉」，凿冰之声。

【十九】蚤 读为「爪」，取。这句是说取冰。

题解 这是一首关于农业生产和农民生活的叙事抒情诗。诗中举例描写了一年四季农民各种各样的生产活动，他们不停歇地进行高强度的劳动，丰收的成果却大都上交给王公贵族，体现出农民的心酸和悲苦。

荠

诗：女主人公回忆旧日家境贫困时她辛勤操持帮助丈夫克服困难。但后来生活安定富裕了，丈夫就忘恩负义地欺负她、折磨她，将她抛弃。表达了深深的痛苦和怨怒。

注释

【一】谷风　东风，生长之风。一说是山谷大风。

【二】黾(mǐn)勉　勤勉，努力。

【三】无以下体　意指要叶不要根，比喻恋新人而弃旧人。

【四】迩　近。

【五】畿(jī)　指门槛。

【六】湜(shí)湜　水清见底。

【七】屑　顾惜，介意。

【八】笱(gǒu)　捕鱼的竹篓。

【九】慉(xù)　好，爱惜。

【十】雠(chóu)　同「仇」，仇人。

【十一】育鞫(jū)　生于困穷。

【十二】有洸(guāng)有溃(kuì)　即「洸洸溃溃」，水流湍急的样子，此处借喻人动怒。

【十三】肄(yì)　劳苦的工作。

【十四】塈(jì)　爱。

薁／葵

薁(yù)，即蘡薁，又名野葡萄、山葡萄。是葡萄属藤本植物，枝条细长有棱角，攀援生长，叶掌状，边缘有钝锯齿，叶片下面密生灰白色绒毛，果实黑紫色似葡萄。可酿酒，亦可入药，有祛风湿、解毒功效。茎的纤维可做绳索和造纸。

葵，即冬葵，又名葵菜、冬寒（苋）菜。冬葵幼苗或嫩茎叶可供食用，营养丰富。其叶圆，边缘折皱曲旋，整株可供园林观赏之用。冬葵性味甘寒，具有清热、舒水的功效。

苹

《小雅·鹿鸣》

呦呦鹿鸣，食野之苹【一】。我有嘉宾，鼓瑟吹笙。吹笙鼓簧【二】，承筐【三】是将。人之好我，示我周行【四】。

呦呦鹿鸣，食野之蒿。我有嘉宾，德音孔昭【五】。视民不恌【六】，君子是则【七】是效。我有旨【八】酒，嘉宾式燕以敖【九】。

呦呦鹿鸣，食野之芩。我有嘉宾，鼓瑟鼓琴。鼓瑟鼓琴，和乐且湛【十】。我有旨酒，以燕乐嘉宾之心。

注释

【一】苹　艾蒿。

【二】簧　笙上的簧片。

【三】承筐　指奉上礼品。

【四】周行（háng）　大道，引申为大道理。

【五】昭　明。

【六】视　同『示』。恌（tiāo）　同『佻』，轻薄，轻浮。

【七】则　法则，楷模，此作动词。

【八】旨　甘美的。

【九】燕　同『宴』。敖　同『遨』，嬉游。

【十】湛（dān）　深厚。

题解　这是一首宴饮诗。描写了殿堂上嘉宾的琴瑟歌咏以及宾主之间互相尊敬理解的景象。

苹／蒿／芩

苹，也叫『藾蒿』。初生可食。

蒿，即青蒿，是菊科蒿属植物，一年生草本，植株有香气。可入药，有清热、凉血、退蒸、解暑、祛风、止痒之效。

芩(qín)，即黄芩，又叫做山茶根、土金茶根，是一种多年生草本植物。黄芩的肉质根茎肥厚，叶片坚硬呈披针形至线状披针形，花朵有紫色、紫红色、蓝紫色。黄芩的根入药，味苦、性寒，有清热燥湿、泻火解毒、止血、安胎等功效。

《周南·葛覃》

葛之覃【一】兮，施【二】于中谷，维叶萋萋【三】。黄鸟于飞，集【四】于灌木，其鸣喈喈【五】。葛之覃兮，施于中谷，维叶莫莫。是刈是濩【六】，为絺为绤【七】，服之无斁【八】。言告师氏，言告言归。薄污我私【九】，薄浣我衣。害【十】浣害否？归宁【十一】父母。

题解 这是一首写新嫁的女子准备回家看望父母的叙事诗。在黄鹂清脆的鸣叫声中，女子一会儿用葛藤纤维缝织衣服，一会儿又忙着浆洗。她虽然忙碌却非常快乐，因为她即将回娘家探望自己的父母。

注释

【一】**覃**（tán）延长，这里指葛的藤蔓。

【二】**施**（yì）蔓延。

【三】**维** 发语词，无义。**萋萋** 与下文中的『莫莫』一样，指茂盛的样子。

【四】**集** 栖止。

【五】**喈喈**（jiē）鸟的和鸣声。

【六】**刈**（yì）斩，割。**濩**（huò）煮。

【七】**絺**（chī）细的葛纤维织的布。**绤**（xì）粗的葛纤维织的布。

【八】**斁**（yì）厌恶。

【九】**污**（wù）洗去污垢。**私** 贴身内衣。

【十】**害**（hé）通『曷』，何、什么。

【十一】**归宁** 指出嫁的女子回家探望父母，使其安心。

葛

葛，又名葛藤，是多年生草质藤本植物，多生长于山地树林之中。葛的实用性很强，自古以来都广泛使用，其茎是长条藤蔓，外皮经处理可以用来编织衣物、制绳和造纸；紫红色的蝶形花朵可以入药，用于止血和解酒；葛根呈块茎状，亦可入药，有生津止渴、解饥退热的功效。

《周南·芣苢》

采采【一】芣苢，薄言【二】采之。采采芣苢，薄言有【三】之。
采采芣苢，薄言掇【四】之。采采芣苢，薄言捋之。
采采芣苢，薄言袺【五】之。采采芣苢，薄言襭【六】之。

题解 这是一首妇女采摘芣苢时咏唱的劳动歌谣。劳动人民收割芣苢，再逐根将芣苢的子实捋下，用衣裙兜住，最后用衣襟包住带回家，整个过程忙碌而又欢快。

注释

【一】**采采** 形容草木色彩鲜艳而繁茂的样子。

【二】**薄言** 没有实际意义，为了使歌谣朗朗上口，起到补充音节的作用。

【三】**有** 取得。

【四】**掇**(duō) 拾取。

【五】**袺**(jié) 手提着衣襟兜着。

【六】**襭**(xié) 将衣襟扎进腰带用来包裹东西。

芣苢

芣（fú）苢（yǐ），即车前草。车前草适应性极强，全国都有分布，荒地、路旁、河边随处可见。车前草全株均可入药，味甘，性寒，具有利尿、清热、明目、祛痰的功效。另有一说认为芣苢是薏苡，薏苡仁可做成粥、饭、面食，有健脾利湿、清热排毒、美容养颜功能，是保健养生佳品。

《周南·卷耳》

采采卷耳，不盈顷筐【一】。嗟我怀人【二】，寘彼周行【三】。陟彼崔嵬【四】，我马虺隤【五】。我姑酌彼金罍【六】，维以不永怀。陟彼高冈，我马玄黄【七】。我姑酌彼兕觥【八】，维以不永伤。陟彼砠【九】矣，我马瘏【十】矣。我仆痡【十一】矣，云何吁矣！

题解 这是一篇抒感怀人之作。写一名采卷耳的女子想起远征的丈夫，再无心工作，而是想象起丈夫在外遇到的艰难险阻，表达出深深的忧虑和思念之情。

注释

【一】**盈** 满。**顷筐** 斜口的浅筐子。

【二】**嗟** 叹息。**我** 女主人公。**怀人** 怀念的人。

【三】**寘**(zhì) 同『置』，放，搁置。**彼** 指上文中的筐。**周行**(háng) 大路。

【四】**陟**(zhì) 登上。**彼** 那。**崔嵬** 高而不平的土石山。

【五】**我** 女主人公想象她丈夫时的自称，与下文同。**虺**(huī)**隤**(tuí) 形容疾病的样子。

【六】**金罍**(léi) 一种刻有云雷花纹的金饰青铜酒器。

【七】**玄黄** 马的皮毛由黑色变成黄色，是马生重病的征兆。

【八】**兕**(sì)**觥**(gōng) 犀牛角制成的酒杯。

【九】**砠**(jū) 有土的石山，或谓山中险阻之地。

【十】**瘏**(tú) 马疲病得不能前行。

【十一】**痡**(pū) 人因过度疲劳而不能走路。

卷耳

卷耳，石竹科卷耳属草本植物。茎根部匍匐生长，靠近末端直立，花茎呈绿色并泛有紫红色。花朵有五片花瓣，花瓣呈白色长圆形。卷耳广泛分布于北方地区，可入药，能够祛风散热，解毒杀虫，在古代药学著作中多有记载。

《周南·汉广》

南有乔木，不可休思【一】；汉有游女【二】，不可求思。

汉之广矣，不可泳思；江之永【三】矣，不可方【四】思。

翘翘错【五】薪，言刈其楚【六】；之子于归【七】，言秣【八】其马。

汉之广矣，不可泳思；江之永矣，不可方思。

翘翘错薪，言刈其蒌；之子于归，言秣其驹。

汉之广矣，不可泳思；江之永矣，不可方思。

题解 这是一首追求爱人却不能得的情诗。一名男子爱上了江上的游女，然而求之不得，于是他以高木不可乘凉、大江不可渡船来表达自己的悲伤。又想象自己喂好马准备迎娶女子，更显情深意切。

注释

【一】**休** 休息。整句指高木无荫，不能休息。**思** 语助词，无义，与下文『思』同。

【二】**汉** 汉水，长江支流之一。**游女** 在江上游玩的女子，也有说法是船上工作的女子。

【三】**江** 江水，即长江。**永** 水流长。

【四】**方** 桴，筏。此处用作动词，指坐木筏渡江。

【五】**翘**(qiáo)**翘** 众多。**错** 杂乱。

【六】**刈** 割。**楚** 灌木名。

【七】**归** 嫁也。

【八】**秣**(mò) 喂马。

蒌

蒌，今名蒌蒿，属多年生草本植物。蒌蒿的植株有香气，下半部木质化。叶子表面绿色，背面有灰白色绒毛，叶缘有细锯齿。蒌蒿多生长于低海拔地区的河岸边与沼泽地带，也可在水中生长，或者生长在湿润的森林、山坡和道路旁。蒌蒿可全草入药，有止血、消炎、镇咳、化痰之功效，嫩茎及叶可作菜蔬或腌制酱菜。

《召南·采蘩》

于以【一】采蘩？于沼于沚【二】；于以用之？公侯之事【三】。

于以采蘩？于涧之中；于以用之？公侯之宫【四】。

被之僮僮【五】，夙夜在公【六】；被之祁祁【七】，薄言还归【八】。

题解 这是一首描写准备祭祀的场景的诗。为了采办祭祀所需的白蒿，负责准备祭祀的宫女们大费周章地去寻找和采办，最终完成祭祀的准备工作后赶忙回家。

注释

【一】**于以** 问词，往哪儿。

【二】**沚**（zhǐ） 水中的小块陆地。

【三】**事** 此指祭祀。

【四】**宫** 宗庙、宫庙，汉代以后才专指皇宫。

【五】**被**（bì） 同『髲』。首饰，取他人之发编结披戴的发饰，相当于今之假发。**僮僮**（tóng） 首饰盛美的样子。

【六】**夙夜** 早晚，一整天。**公** 公庙。

【七】**祁**（qí）**祁** 众多。

【八】**归** 归寝。

蘩

蘩，即白蒿。白蒿是桔梗目菊科草本植物，茎下部稍木质化，纵棱明显，多分枝，茎枝覆盖着类白色微柔毛，植株颜色呈发白的绿色。白蒿主要产于中国东北、华北、西北、西南及西藏等地。全草可入药，有清热利湿、凉血止血的功效，既可生食也可熟食，古人用以作祭品。

《召南·草虫》

喓喓草虫【一】，趯趯阜螽【二】；未见君子，忧心忡忡。

亦既见止【三】，亦既觏【四】止，我心则降【五】。

陟彼南山，言采其蕨；未见君子，忧心惙惙【六】。亦既见止，亦既觏止，我心则说【七】。

陟彼南山，言采其薇；未见君子，我心伤悲。亦既见止，亦既觏止，我心则夷【八】。

题解 这是一首写妻子思念丈夫的诗。女主人公出门采野菜，看到草丛中鸣叫的昆虫，便想起了自己远在天边的丈夫，心中忧伤不已。只有到了与丈夫相见之日，她才能安心。在整个采蕨和采薇的过程中，她一直在深切地思念自己的丈夫。

注释

【一】**喓**(yāo)**喓** 虫鸣声。**草虫** 蝈蝈儿。

【二】**趯**(tì)**趯** 昆虫跳跃之状。**阜**(fù)**螽**(zhōng) 蚱蜢。

【三】**亦** 如，若。**止** 之、他，一说语助词。

【四】**觏**(gòu) 遇见。

【五】**降**(xiáng) 悦服，平静。

【六】**惙**(chuò)**惙** 忧，愁苦的样子。

【七】**说**(yuè) 通『悦』，高兴。

【八】**夷** 平，此指心情平静。

蕨／薇

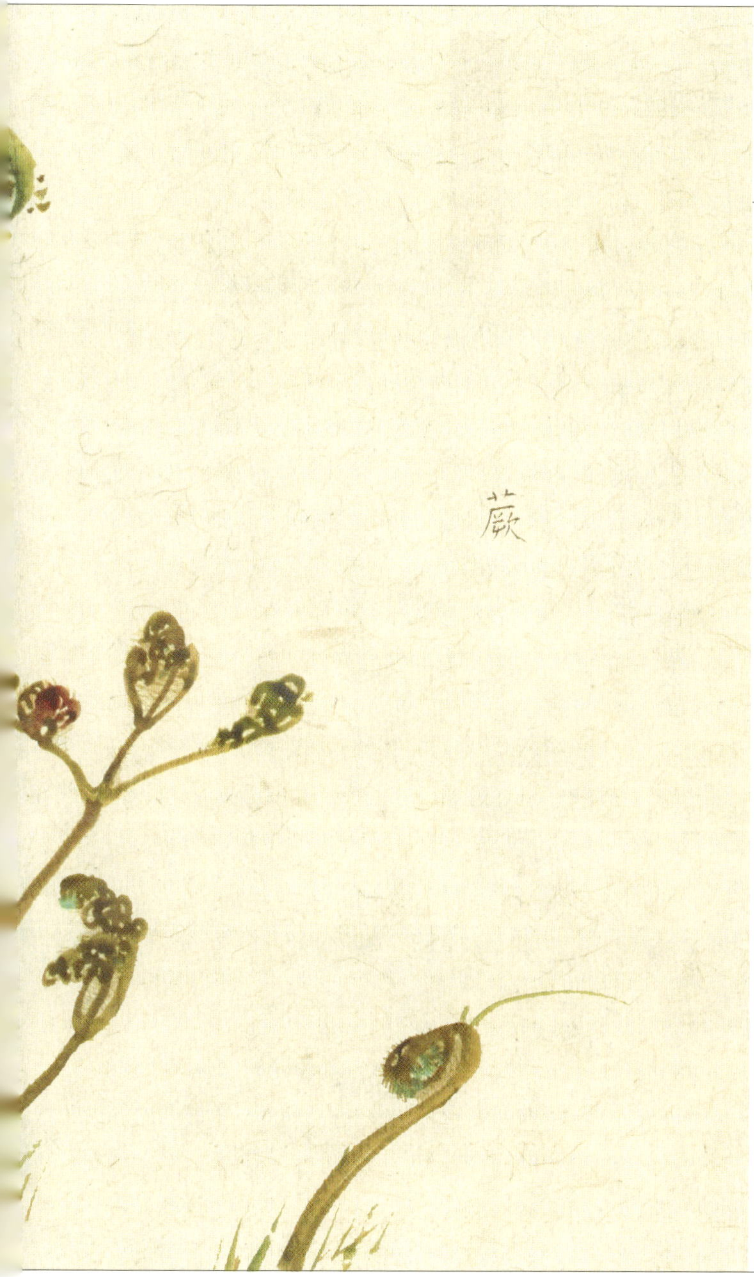

蕨，山野菜的一种。分布于中国各地，但主要产于长江流域及以北地区，生长于海拔200～830米的山地阳坡及森林边缘阳光充足的地方。从蕨的根茎中提取的淀粉称蕨粉，可供食用，根状茎的纤维可以制绳缆。其嫩叶可食，称蕨菜，有很高的营养价值。蕨全株均入药，能够驱风湿、利尿、解热，又可作驱虫剂。

薇，又名巢菜、野豌豆。是一种一年或两年生草本植物，外形似蕨，花紫红色，结寸许长扁荚，中有种子五六粒，可吃，亦可入药。

《召南·采蘋》

于以【一】采蘋？南涧之滨；于以采藻？于彼行潦【二】。

于以盛之？维筐及筥【三】；于以湘【四】之？维锜及釜【五】。

于以奠【六】之？宗室牖【七】下；谁其尸【八】之？有齐季女【九】。

题解 这是一首描写女子出嫁前准备祭祀的场面的诗。描述了女奴采摘蘋草、水藻来准备祭祀的活动，真实记载了当时贵族女子出嫁前的一种风俗。

注释

【一】**于以** 犹言『于何』，在哪里。

【二】**行**(xíng)**潦**(lǎo) 沟中积水。

【三】**筥**(jǔ) 圆形的筐。方称筐，圆称筥。

【四】**湘** 烹、煮。

【五】**锜**(qí) 三足锅。**釜** 无足锅。

【六】**奠** 放置。

【七】**牖**(yǒu) 窗户。

【八】**尸** 主持。古代代表死者受祭的活人。

【九】**齐**(zhāi) 美好而恭敬，『斋』之省借。**季女** 少女，将出嫁的贵族女子。

藻／𬞟

藻，泛指生长在水中的植物，亦包括某些水生的高等植物。藻类是隐花植物的一大类，无根、茎、叶等部分的区别，有叶绿素可以自己制造养料，种类很多，海水和淡水里都有，如海藻、狸藻、金鱼藻。

𬞟，又叫田字草、夜合草，蕨类植物，𬞟科。根状茎匍匐泥中，细长而柔软，叶子像四叶草。主要分布于中国长江以南各省区，北达华北和辽宁，西到新疆。多生长在水稻田、沟塘边，是水田中难于根除的杂草。𬞟可作饲料及供药用，能治疮痈及蛇伤。

《秦风·蒹葭》

蒹葭苍苍【一】，白露为霜。所谓伊人，在水一方。
溯洄从【二】之，道阻且长。溯游【三】从之，宛在水中央。
蒹葭萋萋，白露未晞【四】。所谓伊人，在水之湄【五】。
溯洄从之，道阻且跻【六】。溯游从之，宛在水中坻【七】。
蒹葭采采，白露未已。所谓伊人，在水之涘【八】。
溯洄从之，道阻且右【九】。溯游从之，宛在水中沚。

题解 这是一首写求爱未果的情诗。寒冷的深秋，男子站在河边看着苍茫的蒹葭，想象自己的意中人在河的另一边，无论是逆流而上还是顺流而下都无法靠近她。

注释

【一】**苍苍** 茂盛的样子，下文『萋萋』『采采』同义。
【二】**溯洄** 逆流而上。**从** 追寻。
【三】**溯游** 顺流而下。
【四】**晞**（xī）干，下文『已』同义。
【五】**湄** 岸边。
【六】**跻** 高，升高。
【七】**坻**（chí）水中的小沙洲，下文『沚（zhǐ）』同义。
【八】**涘**（sì）水边。
【九】**右** 弯曲，迂回，形容道路曲折迂回。

蒹/葭

蒹，指没长穗的芦苇。

葭，指初生的芦苇。芦苇是多年水生或湿生的高大禾草。芦苇多生长在水边，在开花季节绒毛状花序伸展，特别漂亮，可供观赏，同时也可净化污水。茎秆亦可用来造纸。

《卫风·伯兮》

伯兮朅【一】兮，邦之桀【二】兮。伯也执殳【三】，为王前驱。

自伯之东，首如飞蓬。岂无膏沐【四】，谁适【五】为容？

其雨其雨，杲杲【六】出日。愿言思伯，甘心首疾。

焉得谖草【七】，言树之背【八】。愿言思伯，使我心痗【九】。

题解 这是一首写妻子思念出征远方的丈夫的诗。女主人公的丈夫是为国家奉献的豪杰，她为此感到骄傲，但自从丈夫远征，她便再也无心梳洗打扮，正所谓『女为悦己者容』，她只盼望着丈夫回家以解忧思。

注释

【一】**伯** 兄弟姐妹中年长者称伯，此处指主人公的丈夫。**朅**(qiè) 英武高大的样子。

【二】**桀** 同『杰』，英杰。

【三】**殳**(shū) 一种杖类古兵器。

【四】**膏沐** 妇女润发的油脂。

【五】**适**(shì) 取悦。

【六】**杲**(gǎo)**杲** 明亮的样子。

【七】**谖**(xuān)**草** 萱草，忘忧草，俗称黄花菜。

【八】**背** 北边。

【九】**痗**(mèi) 病。

蓬／谖

蓬，又称飞蓬、小蓬草，属一年生草本植物，根纺锤状，茎直立，圆柱状，叶密集，花白色，中心黄色，叶似柳叶，子实有毛。全国都有分布，是一种常见的路边杂草，其嫩茎、叶可作饲料，全草入药，有消炎止血、祛风湿的功效。由于其叶子杂乱向上，因此古代将头发散乱称为『首如飞蓬』。

谖，谖草又名萱草，俗名黄花菜、金针菜。属于百合科，花型类似百合，可以用来观赏。萱草有微毒，处理后可以食用，有清热利尿、凉血止血的功效。古人以为萱草可使人忘忧，故又名忘忧草。

《大雅·公刘》

笃【一】公刘，匪【二】居匪康。廼埸【三】廼疆，廼积廼仓；廼裹糇粮【四】，于橐【五】于囊。思辑用光【六】，弓矢斯张；干戈戚扬，爰方启行。

笃公刘，于胥【七】斯原。既庶既繁【八】，既顺乃宣【九】，而无永叹。陟则在巘【十】，复降在原。何以舟【十一】之？维玉及瑶，鞞琫【十二】容刀。

笃公刘，逝彼百泉，瞻彼溥【十三】原，乃陟南冈，乃觏于京。京师之野。于时【十四】处处，于时庐旅，于时言言，于时语语。

笃公刘，于京斯依。跄跄济济【十五】，俾筵俾几。既登乃依，乃造其曹【十六】。执豕于牢，酌之用匏。食之饮之，君之宗之。

笃公刘，既溥既长。既景廼冈，相其阴阳，观其流泉。其军三单【十七】，度其隰原【十八】。彻田为粮，度其夕阳。豳居允荒。

笃公刘，于豳斯馆。涉渭为乱，取厉取锻，止基廼理。爰众爰有，夹其皇涧。溯其过涧。止旅廼密，芮鞫【十九】之即。

题解 这是一首记述公刘事迹的史诗。公刘率领周人开疆扩土，不辞辛劳地创业安业，最终繁荣周人，深受爱戴。诗歌赞美了他勤劳能干、以身作则的领袖精神。

注释

【一】**笃** 诚实忠厚。

【二】**匪** 不。

【三】**廼** 同『乃』，于是、就。**埸**(yì) 田界，这里作动词，整理田界。

【四】**糇**(hóu)**粮** 干粮。

【五】**于橐**(tuó) 指装入口袋。袋有底曰囊，无底而两头扎紧的曰橐。

【六】**思辑** 谓和睦团结。**用光** 以为荣光。

【七】**胥** 视察，与下文『觏』『相』同义。

【八】**庶、繁** 人口众多。

【九】**宣** 舒畅。

【十】**巘**(yǎn) 小山。

【十一】**舟** 佩带。

【十二】**鞞**(bǐng) 刀鞘。**琫**(běng) 刀鞘口上的玉饰。

【十三】**溥**(pǔ) 广袤的。

【十四】**于时** 于是。

【十五】**跄跄济济** 跄跄，形容走路有节奏；济济，从容端庄貌。

【十六】**乃造其曹** 造，应是告。曹，祭猪神。

【十七】**三单**(shàn) 单，通『禅』，意为轮流值班。

【十八】**隰**(xí)**原** 低平之地。

【十九】**芮**(ruì)**鞫**(jū) 芮，水名。鞫，水外之意。以上几句谓皇涧、过涧既定，又向芮水流域发展。

匏

匏，即葫芦。是一种爬藤植物，茎叶上有软毛，花为白色，果实也被叫做葫芦。果实的大小形状各不相同，有棒状、瓢状、海豚状、壶状等，未成熟时可以食用。成熟后可以晒干，掏空其内部，做盛放东西的物件，古代常用来盛酒。

《唐风·采苓》

采苓采苓，首阳之巅。人之为言【一】，苟【二】亦无信。
舍旃【三】舍旃，苟亦无然。人之为言，胡【四】得焉？
采苦【五】采苦，首阳之下。人之为言，苟亦无与【六】。
舍旃舍旃，苟亦无然。人之为言，胡得焉？
采葑采葑，首阳之东。人之为言，苟亦无从。舍旃舍旃，
苟亦无然。人之为言，胡得焉？

注释

【一】为(wěi)言 即『伪言』，谎话。为，通『伪』。
【二】苟 诚，确实。
【三】舍旃(zhān) 放弃它吧。
【四】胡 何，什么。
【五】苦 苦菜。
【六】无与 不要理会。

题解 这是一首讽谏诗，写作目的是劝诫世人不可听信谗言。历代文论家普遍认为这是用来讽刺晋献公的。

苓

苓，即黄药子，又名朱砂七。大苦，因其味道极苦而得名。是缠绕草质藤本植物，其块茎是重要中草药，能够解毒、凉血。另有说法认为苓是甘草。

《鄘风·桑中》

爰【一】采唐【二】矣？沬【三】之乡矣。云谁之思？美孟姜矣。期我乎桑中，要【四】我乎上宫【五】，送我乎淇【六】之上矣。

爰采麦矣？沬之北矣。云谁之思？美孟弋矣。期我乎桑中，要我乎上宫，送我乎淇之上矣。

爰采葑【七】矣？沬之东矣。云谁之思？美孟庸矣。期我乎桑中，要我乎上宫，送我乎淇之上矣。

题解 这是一首表达男女相悦的情诗。全诗以采摘植物起兴，表达男主人公与美丽女子相会后甜蜜与喜悦的心情。

注释

【一】**爰** 于何，在哪里。

【二】**唐** 植物名，即女萝，俗称菟丝子。

【三】**沬**(mèi) 春秋时期卫国邑名，即牧野，在今河南淇县南。

【四】**要**(yāo) 邀约。

【五】**上宫** 指高楼上的宫室。一说地名。

【六】**淇** 水名。淇水在今河南浚县东北。

【七】**葑** 芜菁，即蔓菁菜。

麦

麦，是小麦属植物的统称，是一种在原始社会就已开始广泛种植的谷类作物。麦的子实可以磨成粉制作面食，还可发酵酿酒或作燃料。麦的茎秆可以造纸也可以用于编织。

《鄘风·载驰》

载驰载驱，归唁【一】卫侯。驱马悠悠【二】，言至于漕。

大夫跋涉，我心则忧。

既不我嘉【三】，不能旋反。视【四】尔不臧，我思不远【五】。

既不我嘉，不能旋济【六】。视尔不臧，我思不閟【七】。

陟彼阿丘，言采其蝱。女子善怀，亦各有行。许人尤之，

众稺【八】且狂。

我行其野，芃芃其麦。控【九】于大邦，谁因谁极【十】？

大夫君子，无我有尤。百尔所思，不如我所之。

题解 这是一首抒愤诗，作者为许穆夫人。许穆夫人听闻卫国灭亡，兄长卫侯逝世，策马前去吊唁，然而半途却被许国大夫阻拦。该诗表达了其内心忧愤又痛苦不堪的真实感受。

注释

【一】**唁**（yàn）向死者家属表示慰问。此处不仅是哀悼卫侯，还有凭吊宗国危亡之意。

【二】**悠悠** 遥远的样子。

【三】**嘉** 认为好，赞许。

【四】**视** 表示比较。

【五】**远** 摆脱。本句意为忧思无法摆脱。

【六】**济** 止。

【七】**閟**（bì）同『闭』，闭塞不通。

【八】**稺**（zhì）同『稚』，幼稚。

【九】**控** 往告，赴告。

【十】**极** 至，指来援者的到达。

蝱

蝱，即贝母，又名勤母、苦菜、苦花、空草、药实等，为百合科贝母属多年生草本植物。因其花瓣形似贝壳故被称作贝母。贝母的鳞茎可供药用，在世界多地都有悠久的使用历史，可治肺热咳嗽、伤寒等。

《卫风·淇奥》

瞻彼淇奥【一】，绿竹猗猗【二】。有匪【三】君子，如切如磋，如琢如磨。瑟兮僩【四】兮，赫兮咺【五】兮。有匪君子，终不可谖【六】兮。

瞻彼淇奥，绿竹青青。有匪君子，充耳琇莹【七】，会弁【八】如星。瑟兮僩兮，赫兮咺兮。有匪君子，终不可谖兮。

瞻彼淇奥，绿竹如箦【九】。有匪君子，如金如锡，如圭如璧。宽兮绰兮，猗重较【十】兮。善戏谑兮，不为虐兮。

题解 这是一首颂扬君子高洁形象的诗。以绿竹起兴，赞美了君子的功德才美和仪表美。普遍认为这是在赞美卫武公。

注释

【一】**奥**(yù) 弯曲的水岸。

【二】**猗**(yī)**猗** 长而美貌的样子。

【三】**匪** 通『斐』，有文采。

【四】**瑟** 仪容庄重。**僩**(xiàn) 神态威严。

【五】**赫** 显赫。**咺**(xuān) 神态威仪。

【六】**谖**(xuān) 忘记。

【七】**琇**(xiù)**莹** 似玉的美石，宝石。

【八】**会**(kuài)**弁**(biàn) 古代的一种鹿皮帽。

【九】**箦**(zé) 堆积，这里形容绿竹茂密。

【十】**猗**(yǐ) 通『倚』。**较** 古时车厢两旁作扶手的曲木或铜钩。**重**(chóng)**较** 车厢上有两重横木的车子。

绿竹

绿竹，因竹身全绿而得名，别名甜竹、吊丝竹，其笋俗称马蹄笋。绿竹的竿可用来制作各种器具，或用作造纸原料。绿竹根系发达，能够稳固水土，因此可用作观赏林。同时也是重要的笋用竹类。

《卫风·芄兰》

芄兰之支【一】，童子佩觿【二】。虽则佩觿，能不我知。
容兮遂兮【三】，垂带悸【四】兮。
芄兰之叶，童子佩韘【五】。虽则佩韘，能不我甲【六】。
容兮遂兮，垂带悸兮。

题解 这是一首表达少女不满情绪的情诗。少女不满自己的竹马故作成熟表现出的疏远冷淡的态度，便通过此诗表达抱怨和不满，同时也透露出对两小无猜的朋友情谊的怀念。

注释

【一】**支** 借作「枝」，枝干。

【二】**觿**（xī） 用兽骨制成的装饰品。觿是成年人佩戴的饰品，童子佩戴意味着将成年。

【三】**容、遂** 舒缓悠闲之貌。一说容为佩刀，遂为佩玉。

【四】**悸** 晃动。

【五】**韘**（shè） 用玉或象骨制的钩弦用具，即拉弓用的扳指。

【六】**甲**（xiá） 借作「狎」，亲昵。

芄兰

芄兰，又叫萝藦、斫合子。是多年生草质藤本植物，广泛分布于全国各地。芄兰的全株均可药用，果实可以治劳伤、腰腿疼痛等，根可治跌打、蛇咬，茎叶可治小儿疳积、疔肿。茎皮纤维可以用来造人造棉。

《王风·黍离》

彼黍离离【一】，彼稷之苗。行迈靡靡【二】，中心摇摇【三】。知我者，谓我心忧，不知我者，谓我何求。悠悠苍天！此何人哉？

彼黍离离，彼稷之穗。行迈靡靡，中心如醉。知我者，谓我心忧，不知我者，谓我何求。悠悠苍天！此何人哉？

彼黍离离，彼稷之实。行迈靡靡，中心如噎【四】。知我者，谓我心忧，不知我者，谓我何求。悠悠苍天！此何人哉？

题解 这是一首感叹家国兴亡的抒情诗。黍稷还在田中生长，但是国家已经亡了，物是人非，表达了主人公绵绵不尽的故国之思和悲伤凄怆之情。

注释

【一】**离离** 一行行，一列列。

【二】**行迈** 行走。**靡**(mǐ)**靡** 行步迟缓的样子。

【三】**中心** 心中。**摇摇** 心神不定的样子。

【四】**噎**(yē) 食物卡在食管，此处比喻忧深气逆难以呼吸。

黍／稷

黍，俗称黄米。一年生草本植物，叶子线形，籽实呈淡黄色，比小米稍大，煮熟后有黏性，是重要的粮食作物之一，籽实可以酿酒、做糕点等。

稷，粮食作物，有谷子、高粱、不黏的黍三种说法。

《王风·中谷有蓷》

中谷有蓷，暵其【一】干矣。有女仳离【二】，嘅其【三】叹矣。嘅其叹矣，遇人之艰难矣！

中谷有蓷，暵其脩【四】矣。有女仳离，条其啸矣【五】。条其啸矣，遇人之不淑矣！

中谷有蓷，暵其湿【六】矣。有女仳离，啜其泣矣。啜其泣矣，何嗟及矣【七】！

题解 这是一首被离弃妇女自哀自悼的怨歌。以山谷中的益母草自比，自己嫁给背信弃义之人的命运就如同大旱之下的益母草，最终只能在悲伤中枯萎。

注释

【一】**暵（hàn）其** 即「暵暵」，形容干枯、枯萎的样子。

【二】**仳（pǐ）离** 妇女被夫家抛弃逐出。

【三】**嘅（kǎi）其** 即「嘅嘅」。嘅，同「慨」，叹息之貌。

【四】**脩（xiū）** 干枯。

【五】**条** 深长。**啸（xiào）** 号叫，悲泣之声。

【六】**湿** 将要晒干的样子。

【七】**何嗟及矣** 同「嗟何及矣」，意为感慨也无济于事了。

蓷

蓷，即益母草，又叫做九重楼、云母草。益母草的茎直立，上面附有细长叶片，花朵呈紫白色。益母草全株可入药，有效成分为益母草素，含益母草碱、水苏碱、益母草定、益母草宁等多种生物碱，能够缓解和治疗多种妇科疾病。在古代常被用做美容养颜的保健品。

《王风·采葛》

彼采【一】葛兮，一日不见，如三月兮。
彼采萧【二】兮，一日不见，如三秋【三】兮。
彼采艾兮，一日不见，如三岁【四】兮。

题解　这是一首思念恋人的情诗。主人公的恋人每日辛劳操持家务：采葛为织布，采萧为祭祀，采艾为驱邪。主人公想念她，即使才一日不见，就仿佛多年未见一样。

注释

【一】彼　发语词，无义。采　采集。
【二】萧　蒿的一种。有香气，古时用于祭祀。
【三】三秋　三个秋季。这里的『三』表示多数。
【四】岁　年。

艾

艾，又称艾蒿、艾叶。是菊科蒿属植物，分布广泛，在中国除极干旱与高寒地区外都有分布。全草入药，有温经、去湿、散寒等作用，由于艾蒿植株有浓烈香气，古人认为它可以驱邪祛病、驱虫挡灾。

《陈风·东门之池》

东门之池，可以沤【一】麻。彼美淑姬【二】，可与晤歌【三】。
东门之池，可以沤纻【四】。彼美淑姬，可与晤语。
东门之池，可以沤菅【五】。彼美淑姬，可与晤言。

题解 这是一首表达爱慕之情的恋歌。一名男子爱上了在护城河边浸麻的女子，便常常前往东门，与她对歌和对谈。

注释

【一】**沤**（òu） 长时间地用水浸泡。
【二】**彼美淑姬** 那美丽贤淑的姑娘。
【三】**晤**（wù）**歌** 面对面唱歌，即对歌。
【四】**纻**（zhù） 同『苎』，苎麻。
【五】**菅** 菅草，可用来编绳、编草鞋。

麻

麻，麻类植物的总名，凡是茎皮纤维能够编绳制衣的都称为麻，有大麻、亚麻、苎麻、黄麻、剑麻、蕉麻等。古代一般指大麻，纤维可用来纺织。

《郑风·山有扶苏》

山有扶苏【一】，隰【二】有荷华。不见子都【三】，乃见狂且【四】。

山有桥【五】松，隰有游龙。不见子充，乃见狡童【六】。

题解 这首诗描写女子对情人的戏谑。

注释

【一】**扶苏** 木名，又名扑樕。

【二】**隰**（xí） 洼地。

【三】**子都** 古代美男子。下文『子充』同义。

【四】**狂且**（jū） 行为轻狂疯癫。

【五】**桥** 通『乔』，高大的。

【六】**狡童** 狡狯的少年，可译为狡猾的小子或『狂童』。

荷华／游龙

荷华，即荷花。荷花可观赏，藕和莲子可食用，莲子、根茎、藕节、荷叶、花及种子的胚芽等都可入药，能够凉血止血、养心益肾。

游龙，即荭草，又名游龙、石龙、天蓼。荭草枝叶高大，花朵成串，是极佳的庭园观赏植物，除西藏自治区外，分布几遍全国。荭草可入药，能祛风利湿、活血止痛，治疗风湿性关节炎。

《郑风·出其东门》

出其东门，有女如云【一】。虽则如云，匪我思存【二】。
缟衣綦巾【三】，聊乐我员【四】。
出其闉阇【五】，有女如荼。虽则如荼，匪我思且【六】。
缟衣茹藘，聊可与娱。

题解 这是一位男子对爱恋对象表达自己专一不二心意的小诗。城中女子众多，但都不是主人公想念的，他只有面对白衣绿裙红头巾的意中人时才感到亲近和快乐。

注释

【一】**有女如云** 此句形容女子众多。
【二】**匪** 非。**思存** 想念。
【三】**缟**(gǎo) 素白色的。**綦**(qí)**巾** 暗绿色头巾。
【四】**聊** 且，愿。**员**(yún) 同『云』，语助词。
【五】**闉**(yīn)**阇**(dū) 城门外的护门小城。
【六】**思且**(jū) 向往。

茹藘

茹藘(lǘ)，即茜草，是一种草质攀援藤木。它是一种历史悠久的植物染料，茜色就是指以茜草为染料染出的颜色，类似于西瓜红。茜草性寒入血分，能凉血止血，且能化瘀。

蕳

《陈风·泽陂》

彼泽之陂【一】，有蒲【二】与荷。有美一人，伤【三】如之何？寤寐无为【四】，涕泗滂沱【五】。

彼泽之陂，有蒲与蕳。有美一人，硕大且卷【六】。寤寐无为，中心悁悁【七】。

彼泽之陂，有蒲菡萏【八】。有美一人，硕大且俨【九】。寤寐无为，辗转伏枕。

题解 这是一首青年男子在水泽边思念自己心上人的情诗。男子看见池塘边的香蒲、佩兰、莲花，便想到自己得不到的心上人，不禁泪流满面，忧愁不已，夜晚也辗转难眠。

注释

【一】泽 池塘。陂(bēi) 堤岸。

【二】蒲 香蒲，多年生草本植物，多生在河滩上。

【三】伤 因思念而忧伤。

【四】无为 没有办法。

【五】滂沱 本意是形容雨下得很大，此处比喻眼泪流得很多，哭得厉害。

【六】卷(quán) 鬓发卷曲的美丽模样。

【七】悁(yuān)悁 忧伤愁闷的样子。

【八】菡(hàn)萏(dàn) 荷花，莲花。

【九】俨 庄重威严，端庄矜持。

蕑

蕑(jiān)，又名佩兰，菊科，属多年生草本植物。茎直立，呈淡红褐色，花朵呈紫红色或白色透微红。广泛分布于我国各地，但野生较少，多为人工栽培。全株及花揉之有香气，似薰衣草，可随身佩戴以熏香。全草可药用，性平，味辛，利湿，健胃，清暑热。

《郑风·溱洧》

溱与洧【一】，方涣涣【二】兮。士与女【三】，方秉【四】蕑兮。女曰观乎，士曰既且【五】。且往观乎！洧之外，洵訏【六】且乐。维士与女，伊其相谑，赠之以勺药。

溱与洧，浏【七】其清矣。士与女，殷其盈【八】兮。女曰观乎，士曰既且。且往观乎！洧之外，洵訏且乐。维士与女，伊其将谑，赠之以勺药。

题解 这是描写郑国三月上巳节青年男女在溱水和洧水岸边游春的诗歌。重点描写了其中一对青年男女嬉笑怒骂、互赠芍药以表情谊的场景。

注释

【一】**溱**(zhēn)、**洧**(wěi) 郑国两条河名。

【二】**方** 正在。**涣涣** 河水解冻后奔腾的样子。

【三】**士与女** 男子与女子。

【四】**秉** 执，拿。

【五】**既** 已经。**且** 同『徂』，去，往。

【六】**洵**(xún)**訏**(xū) 实在宽广。

【七】**浏** 水深而清之状。

【八】**殷** 众多。**盈** 满。

勺药

勺药，即芍药，被称作别离草、花中宰相。芍药被称为花中宰相是因为它与牡丹相似。芍药花有白、粉、红、紫、黄、绿、黑和复色等颜色，花朵硕大，花瓣可达上百枚，是极佳的园艺观赏植物。芍药亦可入药，能够镇痛、镇痉、祛瘀、通经。

《小雅·大田》

大田多稼，既种既戒【一】，既备乃事。以我覃耜【二】，俶载【三】南亩。播厥【四】百谷，既庭【五】且硕，曾孙是若。

既方既皁【六】，既坚既好，不稂【七】不莠。去其螟螣【八】，及其蟊贼，无害我田稚。田祖【九】有神，秉畀【十】炎火。

有渰【十一】萋萋，兴雨祈祈【十二】。雨我公田，遂及我私。彼有不获稚，此有不敛穧【十三】。彼有遗秉，此有滞穗，伊寡妇之利。

曾孙来止，以其妇子。馌【十四】彼南亩，田畯【十五】至喜。来方禋祀【十六】，以其骍黑【十七】，与其黍稷。以享以祀，以介【十八】景福。

题解 这是一首描写农耕与祭祀的诗歌。先写农民们如何选种播种、除草除虫，后写田地获得丰收，农奴主举办祭祀活动祈求福祉。

注释

【一】**戒** 同“械”，此指修理农业器械准备耕作。

【二】**覃**(yǎn) “剡”的假借，锋利。**耜**(sì) 犁头。

【三】**俶**(chù)**载** 开始从事。

【四】**厥** 其、那。

【五】**庭** 通“挺”，挺拔。

【六】**方** 通“房”，指谷粒已生嫩壳，但还没有合严。**皁**(zào) 通“皂”，指谷壳已经结成，但还未坚实。

【七】**稂**(láng) 指穗粒空瘪的禾。

【八】**螟**(míng)**螣**(tè) 吃禾心的害虫。**螣** 吃禾叶的害虫。下文中的“蟊”“贼”也为害虫。

【九】**田祖** 农神。

【十】**畀**(bì) 给与。

【十一】**有渰**(yǎn) 即“渰渰”，阴云密布的样子。

【十二】**祈祈** 徐徐、慢慢。

【十三】**穧**(jì) 已割下但还未收的禾。

【十四】**馌**(yè) 送饭。

【十五】**田畯**(jùn) 周代农官，掌管监督奴隶的农事工作。

【十六】**禋**(yīn)**祀** 升烟以祭，古代祭天的仪式，也泛指祭祀。

【十七】**骍**(xīn) 赤色牛。**黑** 指黑色的猪羊。

【十八】**介** “丐”的假借，祈求。

莠

莠，即狗尾草，因其穗形像狗尾巴而得名。我国各地均有分布，是一种非常常见的主要杂草，丛生于路边、田间。在田地间泛滥会严重侵占农作物生长空间，汲取土地养分，造成作物减产。

《唐风·葛生》

葛生蒙楚【一】，蔹蔓于野。予美【二】亡此，谁与？独处！
葛生蒙棘【三】，蔹蔓于域【四】。予美亡此，谁与？独息！
角枕【五】粲兮，锦衾烂兮。予美亡此，谁与？独旦【六】！
夏之日，冬之夜【七】。百岁之后，归于其居【八】！
冬之夜，夏之日。百岁之后，归于其室！

题解 这是一首悼亡诗。原本恩爱的两人，如今一人独守空房，一人孤独地躺在墓穴里。妻子怀念着逝去的丈夫，时间变得可以一眼望穿尽头，四季交叠，只等百年之后与墓中的他再见。

注释

【一】**蒙** 覆盖。**楚** 灌木名，即牡荆。
【二】**予美** 我的好人。
【三】**棘** 酸枣，有棘刺的灌木。
【四】**域** 坟地。
【五】**角枕** 死者用的以牛角做装饰的枕头。
【六】**旦** 天亮。此句意为独自等到天亮。
【七】**夏之日，冬之夜** 夏之日长，冬之夜长，言时间长也。
【八】**其居** 死者的墓穴。

蔹

蔹，即乌蔹莓，多年生蔓草。像葡萄一样攀援生长，果实似蓝莓。广泛分布于我国各地，生长于海拔300～2500米的山谷林中或山坡灌丛。全草可入药，有凉血解毒、利尿消肿之功效。

《陈风·东门之枌》

东门之枌【一】，宛丘之栩。子仲之子，婆娑【二】其下。

榖旦于差【三】，南方之【四】原。不绩【五】其麻，市也婆娑。

榖旦于逝，越以鬷迈【六】。视尔如荍，贻我握椒【七】。

题解 这是一首写男女相悦的爱情诗。一名男子看到子仲家的姑娘在树下翩然起舞，顿生爱慕之心。两人交游于市，互赠锦葵和花椒表达爱情。

注释

【一】**枌**(fén) 树木名，即白榆。

【二】**婆娑** 起舞，又形容舞姿曼妙。

【三】**榖**(gǔ)**旦** 良辰，好日子。**差**(chāi) 选择。

【四】**之** 到，往。

【五】**绩** 把麻搓成线。

【六】**鬷**(zōng) 会聚，聚集。**迈** 走，行。

【七】**贻** 赠送。**握** 一把。**椒** 花椒。

荍

荍，即锦葵，又叫做荆葵、钱葵、小钱花、金钱紫花葵、小白淑气花。锦葵花朵呈粉紫色，也有白色，常用于园林观赏，地植或盆栽均宜。其花白色的常入药用，可用来制茶，能够清热利湿、理气通便。

《陈风·防有鹊巢》

防【一】有鹊巢，邛【二】有旨【三】苕。谁侜【四】予美？心焉忉忉【五】。
中唐【六】有甓【七】，邛有旨鹝；谁侜予美？心焉惕惕【八】。

题解 这是一首相爱的人害怕因离间而失去爱情所唱的诗歌。诗人把不协调的事物放在一起，来表达自己对危机的恐惧。

注释

【一】防 水坝，一说堤岸，一说枋木。
【二】邛(qióng) 土丘，山丘。
【三】旨 味美的，鲜嫩的。
【四】侜(zhōu) 谎言欺骗，挑拨。
【五】忉(dāo)忉 忧愁不安的样子。
【六】中唐 古代堂前或门内的甬道，泛指庭院中的主要道路。
【七】甓(pì) 砖瓦，瓦片。
【八】惕(tì)惕 提心吊胆、恐惧不安的样子。

旨苕／鹝

旨苕（tiáo），即翘摇，又叫野蚕豆。因为它的茎叶轻柔，有摇动之状，所以得名。可作中药，能利耳目、去风热，主治破血，止血生肌。

鹝，一种杂色的小草，即绶草。世界各地均有分布，地区不同样貌亦不同。全草皆可入药，能够滋阴益气、凉血解毒。

《曹风·下泉》

洌彼下泉【一】，浸彼苞稂【二】。忾【三】我寤叹，念彼周京【四】。

洌彼下泉，浸彼苞萧。忾我寤叹，念彼京周。

洌彼下泉，浸彼苞蓍。忾我寤叹，念彼京师。

芃芃【五】黍苗，阴雨膏之。四国有王，郇伯【六】劳之。

题解 这是曹国人怀念东周王室、赞许荀跞平定叛乱的诗歌。周王室衰微，各诸侯国以强凌弱，因而人们怀念周初比较安定的社会局面。而今荀跞平乱，国家趋于安定，人们感恩戴德。

注释

【一】**下泉** 地下的泉水。

【二】**苞** 丛生。**稂**(láng) 一种像谷子的野草。

【三】**忾** 叹息声。

【四】**周京** 周朝的国都镐京，天子所居，下文『京周』『京师』同。

【五】**芃**(péng)**芃** 茂盛的样子。

【六】**郇**(xún)**伯** 晋大夫荀跞。

蓍

蓍(shī)，又名千叶蓍、欧蓍、蓍草，菊科。蓍属多年生草本植物，匍匐根茎细，叶呈锯齿状，花有白色、粉红色和淡紫红色。叶、花中含芳香油，全草可入药，有发汗、驱风之效。古人用其茎占卜。

《豳风·东山》

我徂【一】东山，慆慆【二】不归。我来自东，零雨其濛。我东曰归，我心西悲。制彼裳衣，勿士行枚。蜎蜎者蠋【三】，烝【四】在桑野。敦彼独宿，亦在车下。

我徂东山，慆慆不归。我来自东，零雨其濛。果蠃之实，亦施【五】于宇。伊威【六】在室，蠨蛸【七】在户。町畽【八】鹿场，熠耀宵行【九】。不可畏也，伊可怀也。

我徂东山，慆慆不归。我来自东，零雨其濛。鹳鸣于垤【十】，妇叹于室。洒扫穹窒，我征聿【十一】至。有敦瓜苦，烝在栗薪。自我不见，于今三年。

我徂东山，慆慆不归。我来自东，零雨其濛。仓庚于飞，熠耀其羽。之子于归，皇驳其马。亲结其缡【十二】，九十其仪。其新孔嘉，其旧如之何！

题解 这是一首远征的士兵在还乡途中想念家乡的抒情诗。士兵想象自己家乡现在的样子，想象妻子正在思念着他，多年不见，不知她是否像自己一样容颜已老。

注释

【一】**徂**(cú) 往，到。

【二】**慆慆**(tāo) 长久。

【三】**蜎蜎**(yuān) 幼虫蜷曲的样子；一说虫子蠕动的样子。**蠋**(zhú) 一种长在桑树上的虫，即野蚕。

【四】**烝**(zhēng) 长久。一说发语词。

【五】**施**(yì) 蔓延。

【六】**伊威** 土鳖虫，喜欢生活在潮湿的地方。

【七】**蠨**(xiāo)**蛸**(shāo) 一种长脚蜘蛛。

【八】**町**(tǐng)**畽**(tuǎn) 有禽兽践踏痕迹的空地。

【九】**熠**(yì)**耀** 闪闪发光貌。**宵行** 萤火虫。

【十】**垤**(dié) 小土丘。

【十一】**聿** 将要。一说语助词。

【十二】**结缡**(lí) 将佩巾结在带子上，古代婚仪。

果蠃

果蠃（luǒ），即栝楼，是葫芦科多年生攀缘草本植物，长可达10米，果实近球形，熟时橙红色。可入药，有解热止渴、利尿、镇咳祛痰等功效。

《小雅·南山有台》

南山有台【一】，北山有莱。乐只【二】君子，邦家之基【三】。乐只君子，万寿无期。

南山有桑，北山有杨。乐只君子，邦家之光。乐只君子，万寿无疆。

南山有杞，北山有李。乐只君子，民之父母【四】。乐只君子，德音不已。

南山有栲【五】，北山有杻。乐只君子，遐不眉寿【六】。乐只君子，德音是茂。

南山有枸，北山有楰。乐只君子，遐不黄耇【七】。乐只君子，保艾【八】尔后。

题解 这是一首颂德祝寿的宴饮诗。周代贵族们宴请宾客时常用此诗，表达对宾客健康长寿、福泽子孙的美好祝愿。

注释

【一】**台** 通『薹(tái)』，莎草，又名蓑衣草，可制蓑衣。

【二】**只** 语助词，无义。

【三】**邦家** 国家。**基** 根本。

【四】**父母** 意指其爱民如子，则民众尊之如父母。

【五】**栲**(kǎo) 树名，又叫山樗。下文中的『杻(niǔ)』『枸(jǔ)』『楰(yú)』都是树的名称。

【六】**眉寿** 高寿。

【七】**黄耇**(gǒu) 黄，指黄发。耇，指老。这里也是长寿的意思。

【八】**保艾** 保养。

莱

莱，即藜，别名落藜、胭脂菜。藜分布广泛，全球温带及热带均有分布，生长于海拔 50 米至 4200 米的地区，常见于路旁、荒地、田间及有轻度盐碱的土地上。藜有微毒，可以入药，但它仍是威胁田间作物生长的有害杂草之一。

《小雅·菁菁者莪》

菁菁【一】者莪，在彼中阿【二】。既见君子，乐且有仪【三】。

菁菁者莪，在彼中沚。既见君子，我心则喜。

菁菁者莪，在彼中陵【四】。既见君子，锡【五】我百朋【六】。

泛泛【七】杨舟，载沉载浮。既见君子，我心则休【八】。

题解 这是一首感谢诗。诗人用莪蒿受到泥土滋养而长得茂盛为喻，感谢老师将自己培养成材，表达出再次见到老师时内心的感激和欣喜之情。

注释

【一】菁(jīng)菁 草木茂盛的样子。

【二】中阿 即阿中。阿，大土山。

【三】仪 法式，榜样。

【四】陵 丘陵高坡之地。

【五】锡 同『赐』，赏赐。

【六】朋 货币单位。上古以贝壳为货币，五贝或十贝一串，两串为『朋』。

【七】泛泛 漂浮不定的样子。

【八】休 喜。

莪

莪，即莪蒿，也称报娘蒿、萝蒿、今名茵陈，为多年生草本植物，是我国常见的一种野菜。莪蒿喜水，多丛生于河畔或泉边湿润的土地上。莪蒿叶子尖细，鲜嫩茂密，是一种非常鲜嫩可口的野菜，种子富含油脂，亦可直接食用。此外，种子还可以入药、榨油。

《小雅·我行其野》

我行其野，蔽芾【一】其樗。昏姻【二】之故，言就【三】尔居。尔不我畜【四】，复我邦家【五】。

我行其野，言采其蓫。昏姻之故，言就尔宿【六】。尔不我畜，言归斯复。

我行其野，言采其葍。不思旧姻，求尔新特【七】。成【八】不以富，亦祇以异【九】。

题解 这是一首弃妇诗，描写一个远嫁的女子由于丈夫抛弃而悲愤回故乡，批判了丈夫不珍爱妻子以及喜新厌旧的丑恶嘴脸。

注释

【一】**蔽芾**（fèi） 树叶初生的样子。

【二】**昏姻** 即婚姻。

【三】**言** 语助词，无实义。**就** 从。

【四】**畜**（xù） 养活。一说是爱的意思。

【五】**邦家** 故乡。

【六】**宿**（sù） 居住。

【七】**新特** 新配偶。

【八】**成** 借为『诚』，的确。

【九】**祇**（zhǐ） 只，恰恰。**异** 异心。

葍

葍（fú），即打碗花，又名小旋花、燕覆子、兔耳草。在我国各地广泛分布，为田间、野地常见杂草。有一定的食疗效果。

《小雅·我行其野》

我行其野，蔽芾【一】其樗。昏姻【二】之故，言就【三】尔居。尔不我畜【四】，复我邦家【五】。

我行其野，言采其蓫。昏姻之故，言就尔宿【六】。尔不我畜，言归斯复。

我行其野，言采其葍。不思旧姻，求尔新特【七】。成【八】不以富，亦祇以异【九】。

题解　这是一首弃妇诗，描写一个远嫁的女子由于丈夫抛弃而悲愤回故乡，批判了丈夫不珍爱妻子以及喜新厌旧的丑恶嘴脸。

注释

【一】蔽芾（fèi）树叶初生的样子。

【二】昏姻　即婚姻。

【三】言　语助词，无实义。就　从。

【四】畜（xù）养活。一说是爱的意思。

【五】邦家　故乡。

【六】宿（sù）居住。

【七】新特　新配偶。

【八】成　借为『诚』，的确。

【九】祇（zhǐ）只，恰恰。异　异心。

蓫

蓫，即商陆，又名羊蹄菜、山萝卜、见肿消、倒水莲。夏秋开白色小花，果实是紫黑色浆果。商陆主产河南、湖北、山东、浙江、江西等地。根可入药，以白色肥大者为佳，红根有剧毒，仅供外用。

《小雅·斯干》

秩秩【一】斯干【二】，幽幽南山。如竹苞【三】矣，如松茂矣。兄及弟矣，式相好矣，无相犹【四】矣。似续妣祖【五】，筑室百堵，西南其户。爰居爰处，爰笑爰语。

约之阁阁【六】，椓之橐橐【七】。风雨攸【八】除，鸟鼠攸去，君子攸芋【九】。

如跂斯翼【十】，如矢斯棘【十一】，如鸟斯革，如翚【十二】斯飞，君子攸跻【十三】。

殖殖【十四】其庭，有觉其楹。哙哙【十五】其正，哕哕其冥，君子攸宁。

下莞上簟，乃安斯寝。乃寝乃兴，乃占我梦。吉梦维何？维熊维罴【十六】，维虺【十七】维蛇。

大人【十八】占之：维熊维罴，男子之祥；维虺维蛇，女子之祥。

乃生男子，载寝之床。载衣之裳，载弄之璋。其泣喤喤【十九】，朱芾【二十】斯皇，室家君王。

乃生女子，载寝之地。载衣之裼【二一】，载弄之瓦。无非无仪，唯酒食是议，无父母诒罹。

题解 这是一首祝贺周王宫室落成的歌辞。从宫室的宏伟外形写到华丽的内饰，再写主人生儿育女、富贵至极，享受天伦之乐，充满赞美之情。

注释

【一】**秩秩** 形容山涧水清流淌的样子。

【二】**干** 通『涧』，山间流水。

【三】**苞** 植物丛生的样子。

【四】**犹** 通『尤』，欺诈。

【五】**似** 通『嗣』，继承。**妣**(bǐ)**祖** 女性和男性先祖。

【六】**约** 用绳索捆扎。**阁阁** 捆扎的声音。

【七】**椓**(zhuó) 用杵捣土、打夯。**橐**(tuó)**橐** 捣土的声音。

【八】**攸** 乃、于是就。

【九】**芋** 鲁诗作『宇』屋宇。这里有居住的意思。

【十】**跂**(qǐ) 踮起脚跟。**翼** 端庄肃敬的样子。

【十一】**棘** 通『急』。一说指棱角。

【十二】**翚**(huī) 锦鸡。

【十三】**跻**(jī) 登。

【十四】**殖殖** 平正的样子。

【十五】**哙**(kuài)**哙** 同『快快』。宽敞明亮的样子。**哕**(huì)**哕** 昏暗的样子。

【十六】**罴**(pí) 一种野兽，似熊而大。

【十七】**虺**(huǐ) 一种毒蛇，颈细头大，身有花纹。

【十八】**大人** 即太卜，周代掌占卜的官员。

【十九】**喤**(huáng)**喤** 哭声很大的样子。

【二十】**朱芾**(fú) 用熟制的兽皮所做的红色蔽膝，为天子所服。

【二一】**裼**(tì) 婴儿用的褓衣。

莞

莞，即水葱，又名葱蒲、水丈葱、冲天草。茎秆似葱，开穗状黄色花朵，生长在湖边或浅水塘中。可做水塘观赏植物，茎秆可以用来编席，亦可入药，利水消肿。

《周颂·良耜》

畟畟良耜【一】，俶载南亩【二】。播厥百谷，实函【三】斯活。或来瞻女【四】，载筐及筥，其饷【五】伊黍。其笠伊纠，其镈斯赵【六】，以薅荼蓼。荼蓼朽止，黍稷茂止。获之挃挃【七】，积之栗栗【八】。其崇如墉【九】，其比如栉【十】。以开百室【十一】，百室盈止，妇子宁止。杀时犉【十二】牡，有捄【十三】其角。以似【十四】以续，续古之人。

题解 这是一首记述大周先民生产祭祀情形的农事诗，是秋收后周王祭祀土神和谷神用的乐歌。

注释

【一】**畟**(cè)**畟** 形容耒耜的锋刃快速入土的样子。**耜**(sì) 古代一种像犁的农具。

【二】**俶**(chù) 开始。**载** 『菑(zī)』的假借，指初耕一年的土地。

【三】**函** 含，指种子播下之后孕育发芽。

【四】**女**(rǔ) 同『汝』，指耕地者。

【五】**饷**(xiǎng) 此指所送的饭食。

【六】**镈**(bó) 古代锄田去草的农具。**赵** 扒地，锄地。

【七】**挃**(zhì)**挃** 形容收割庄稼的磨擦声。

【八】**栗栗** 形容收割的庄稼堆积之多。

【九】**墉**(yōng) 高高的城墙。

【十】**栉**(zhì) 梳子。

【十一】**百室** 指众多的粮仓。

【十二】**犉**(chùn) 黄毛黑唇的牛。

【十三】**捄**(qiú) 形容牛角曲而长。

【十四】**似** 通『嗣』，继续。

蓼

蓼，即水蓼，是一种多年生草本植物，共40属，800种。这种植物都生长在水田、人造沟渠或湿地中，主产于北温带地区，少数在热带，其中有些供食用和观赏，有些可以入药。

《小雅·蓼莪》

蓼蓼【一】者莪，匪莪伊蒿【二】；哀哀父母，生我劬劳【三】。

蓼蓼者莪，匪莪伊蔚；哀哀父母，生我劳瘁。

瓶之罄【四】矣，维罍【五】之耻。鲜【六】民之生，不如死之久矣！无父何怙【七】？无母何恃？出则衔恤【八】，入则靡至。

父兮生我，母兮鞠【九】我。拊我畜我【十】，长我育我，顾我复我，出入腹我。欲报之德。昊天【十一】罔极！

南山烈烈【十二】，飘风发发【十三】。民莫不穀，我独何害？

南山律律，飘风弗弗。民莫不穀，我独不卒！

题解 这是一首悼念父母的祭歌。诗人感慨父母的养育之恩，却因父母已亡不得尽孝而倍感痛苦。

注释

【一】**蓼（lù）蓼** 长又大的样子。

【二】**匪** 同『非』。**伊** 是。

【三】**劬（qú）劳** 与下句『劳瘁』皆劳累之意。

【四】**瓶** 汲水器具。**罄（qìng）** 尽，空。

【五】**罍（léi）** 盛水器具。

【六】**鲜（xiǎn）** 指寡、孤。

【七】**怙（hù）** 依靠。

【八】**衔恤** 含忧。

【九】**鞠** 养育。

【十】**拊** 通『抚』。**畜** 通『慉』，喜爱。

【十一】**昊（hào）天** 广大的天。

【十二】**烈烈** 山高峻的样子，下文『律律』同。

【十三】**飘风** 同『飙风』。**发发** 迅疾的风声，下文『弗弗』同。

蔚

蔚，即牡蒿，是菊科蒿属植物，植株有香气。广布于我国南北各地，具有清热、凉血、解毒之功效。

《小雅·頍弁》

有頍【一】者弁【二】，实维伊何？尔酒既旨【三】，尔肴既嘉。岂伊异人【四】？兄弟匪他。茑与女萝，施【五】于松柏。未见君子，忧心弈弈【六】；既见君子，庶几说怿【七】。

有頍者弁，实维何期【八】？尔酒既旨，尔肴既时。岂伊异人？兄弟具来。茑与女萝，施于松上。未见君子，忧心怲怲【九】；既见君子，庶几有臧【十】。

有頍者弁，实维在首。尔酒既旨，尔肴既阜【十一】。岂伊异人？兄弟甥舅。如彼雨雪，先集维霰【十二】。死丧无日，无几【十三】相见。乐酒今夕，君子维宴。

注释

【一】**頍**(kuǐ) 有棱有角的样子。

【二】**弁**(biàn) 皮冠，用鹿皮制成的圆顶礼帽。

【三】**旨** 美。

【四】**异人** 外人。

【五】**施** 延伸，攀缘。

【六】**弈弈** 心神不安的样子。

【七】**说**(yuè)**怿**(yì) 欢欣喜悦。

【八】**何期**(qí) 何其，为何。

【九】**怲**(bǐng)**怲** 忧愁的样子。

【十】**臧**(zāng) 善、好。

【十一】**阜**(fù) 多，指酒肴丰盛。

【十二】**霰**(xiàn) 雪珠。

【十三】**无几** 没有多久。

题解 这是一首被宴请者的抒怀之诗。此诗以赴宴者的口气写成，不仅描写了宴席的丰盛，也写出了贵族间彼此依附的关系，在欢乐之中却隐含着一种悲观失望、及时行乐的情绪。

茑／女萝

茑，植物名。这是一种靠寄生存活的植物，通常寄生于苹果树、白杨树、松树等树木上，可以从寄主植物上吸取水分和无机物，进行光合作用制造养分，因此有害于宿主。现代医学发现槲寄生提取物可用来治疗肿瘤。

女萝，即松萝，又被称作树挂、海风藤、云雾草、老君须，也是一种寄生植物。常生于深山的老树枝干或高山岩石上，成悬垂条丝状。松萝生长对环境要求很高，在环境污染愈发严重的当下越发地少见。松萝有很强的抗菌和抗原虫的作用，做中药有清肝化痰、止血解毒之用。

《鲁颂·泮水》

思乐泮水，薄采其芹。鲁侯戾【一】止，言观其旂【二】。其旂茷茷【三】，鸾声哕哕【四】。无小无大【五】，从公于迈【六】。

思乐泮水，薄采其藻。鲁侯戾止，其马蹻蹻【七】。其马蹻蹻，其音昭昭。载色【八】载笑，匪怒伊教。

思乐泮水，薄采其茆。鲁侯戾止，在泮饮酒。既饮旨酒，永锡【九】难老。顺彼长道，屈此群丑【十】。

穆穆【十一】鲁侯，敬明其德。敬慎威仪，维民之则。允文允武，昭假【十二】烈祖。靡有不孝，自求伊祜【十三】。

明明鲁侯，克明其德。既作泮宫，淮夷攸服。矫矫虎臣，在泮献馘【十四】。淑问如皋陶【十五】，在泮献囚。

济济多士，克广德心。桓桓【十六】于征，狄【十七】彼东南。烝烝皇皇【十八】，不吴不扬。不告于讻【十九】，在泮献功。

角弓其觩。束矢其搜。戎车孔博，徒御无斁【二十】。既克淮夷，孔淑不逆。式固尔犹，淮夷卒获。

翩彼飞鸮，集于泮林。食我桑葚，怀我好音。憬彼淮夷，来献其琛。元龟象齿，大赂南金。

题解 这是一首关于鲁僖公平定淮夷的长篇叙事诗。诗文赞美鲁僖公能继承祖先事业，平服淮夷，成其武功。

注释

【一】**戾** 来临。

【二】**旂**(qí) 绘有龙形图案的旗帜。

【三】**茷**(pèi)**茷** 飘扬的样子。

【四】**鸾** 通「銮」，古代的车铃。**哕**(huì)**哕** 铃铛和鸣的声音。

【五】**无小无大** 指随从官员职位不分大小尊卑。

【六】**迈** 行走。

【七】**蹻**(jiǎo)**蹻** 马强壮的样子。

【八】**色** 指容颜和蔼。

【九】**锡** 同「赐」，赐予。

【十】**丑** 恶，指淮夷。

【十一】**穆穆** 举止庄重的样子。

【十二】**昭假** 明告。

【十三】**祜**(hù) 福。

【十四】**馘**(guó) 古代打仗杀敌后割下敌人的左耳以计数，带回去按杀敌数论功行赏。

【十五】**皋陶**(yáo) 相传尧时负责刑狱的官。

【十六】**桓桓** 威武的样子。

【十七】**狄** 同「剔」，除。

【十八】**烝**(zhēng)**烝皇皇** 众多盛大的样子。

【十九】**讻**(xiōng) 讼，指因争功而产生的互诉。

【二十】**斁**(yì) 厌倦。**无斁** 不厌倦。

芹

芹，即水芹，别名水英、蜀芹。多产于中国、印度、缅甸、越南、马来西亚、印度尼西亚及菲律宾等气候湿热地区。水芹喜湿润，生长于低洼浅水地带，譬如沼泽、池塘。水芹的嫩茎可当蔬菜食用，民间也作药用，可以清热去火。

《鲁颂·泮水》

思乐泮水，薄采其芹。鲁侯戾【一】止，言观其旂【二】。其旂茷茷【三】，鸾声哕哕【四】。无小无大【五】，从公于迈【六】。

思乐泮水，薄采其藻。鲁侯戾止，其马蹻蹻【七】。其马蹻蹻，其音昭昭。载色【八】载笑，匪怒伊教。

思乐泮水，薄采其茆。鲁侯戾止，在泮饮酒。既饮旨酒，永锡【九】难老。顺彼长道，屈此群丑【十】。

穆穆【十一】鲁侯，敬明其德。敬慎威仪，维民之则。允文允武，昭假【十二】烈祖。靡有不孝，自求伊祜【十三】。

明明鲁侯，克明其德。既作泮宫，淮夷攸服。矫矫虎臣，在泮献馘【十四】。淑问如皋陶【十五】，在泮献囚。

济济多士，克广德心。桓桓【十六】于征，狄【十七】彼东南。烝烝皇皇【十八】，不吴不扬。不告于讻【十九】，在泮献功。

角弓其觩。束矢其搜。戎车孔博，徒御无斁【二十】。既克淮夷，孔淑不逆。式固尔犹，淮夷卒获。

翩彼飞鸮，集于泮林。食我桑葚，怀我好音。憬彼淮夷，来献其琛。元龟象齿，大赂南金。

题解 这是一首关于鲁僖公平定淮夷的长篇叙事诗。诗文赞美鲁僖公能继承祖先事业，平服淮夷，成其武功。

注释

【一】**戾** 来临。

【二】**旂**(qí) 绘有龙形图案的旗帜。

【三】**茷**(pèi)**茷** 飘扬的样子。

【四】**鸾** 通『銮』，古代的车铃。**哕**(huì)**哕** 铃铛和鸣的声音。

【五】**无小无大** 指随从官员职位不分大小尊卑。

【六】**迈** 行走。

【七】**蹻**(jiǎo)**蹻** 马强壮的样子。

【八】**色** 指容颜和蔼。

【九】**锡** 同『赐』，赐予。

【十】**丑** 恶，指淮夷。

【十一】**穆穆** 举止庄重的样子。

【十二】**昭假** 明告。

【十三】**祜**(hù) 福。

【十四】**馘**(guó) 古代打仗杀敌后割下敌人的左耳以计数，带回去按杀敌数论功行赏。

【十五】**皋陶**(yáo) 相传尧时负责刑狱的官。

【十六】**桓桓** 威武的样子。

【十七】**狄** 同『剔』，除。

【十八】**烝**(zhēng)**烝** **皇皇** 众多盛大的样子。

【十九】**讻**(xiōng) 讼，指因争功而产生的互诉。

【二十】**斁**(yì) 厌倦。**无斁** 不厌倦。

茆

茆，即莼菜，又名马蹄菜、湖菜等，是多年生水生宿根草本。莼菜性喜温暖，适宜于清水池中生长。莼菜的嫩叶可供食用，口感鲜滑，同时富含胶原蛋白、维生素和矿物质。中国古代有一道名菜叫做『莼菜羹』，可见在中国其食用历史悠久。

陶复【三】陶穴，未有家室。
古公亶父，来朝走马【四】。率【五】西水浒，至于岐下。
爰及姜女，聿来胥宇【六】。
周原膴膴【七】，堇荼如饴。爰始爰谋，爰契我龟【八】。
曰止曰时，筑室于兹。
乃慰乃止，乃左乃右。乃疆乃理，乃宣【九】乃亩。
自西徂东，周爰执事。
乃召司空【十】，乃召司徒【十一】，俾立室家。其
绳则直，缩版以载，作庙翼翼【十二】。
捄之陾陾【十三】，度之薨薨【十四】。筑之登登，
削屡冯冯【十五】。百堵皆兴，鼛【十六】鼓弗胜。
乃立皋门，皋门有伉【十七】。乃立应门，应门将将
【十八】。乃立冢土，戎丑攸行。
肆不殄厥愠，亦不陨厥问。柞棫拔矣，行道兑矣。混
夷駾矣，维其喙矣。
虞芮质厥成，文王蹶【十九】厥生。予曰有疏附，予
曰有先后【二十】，予曰有奔奏【二一】，予曰有御
侮【二二】。

题解 这是一首描写周民族的祖先古公亶父率领周人建功立业的史诗。古公亶父带领部族从豳迁往岐山周原，周文王继承古公亶父的事业，帮助周人赶走昆夷，建立起完整的国家制度，使得国家兴旺发达。

【一】**瓞**(dié) 瓜。大曰瓜，小曰瓞。
【二】**土** 水名。
【三】**陶** 窑灶。**复** 古时的一种窑洞，即旁穿之穴。
【四】**走马** 指避难逃走。
【五】**率** 沿着。
【六】**聿**(yù) 发语词，无义。**胥宇** 指考察地势，选择建筑宫室的地址。
【七】**膴**(wǔ)**膴** 肥沃的样子。
【八】**契** 锲，指刻龟甲占卜。**龟** 指占卜所用的龟甲。
【九】**宣** 松土。
【十】**司空** 管工程的官。
【十一】**司徒** 管土地和调配劳力的官。
【十二】**翼翼** 动作整齐。
【十三】**陾**(réng)**陾** 众多的样子。
【十四】**薨**(hōng)**薨** 填土的声音。
【十五】**屡** 通「塿(lóu)」，土墙隆起的部分。**冯**(píng)**冯** 削平墙面的声音。
【十六】**鼛**(gāo) 大鼓。
【十七】**伉**(kàng) 通「亢」，高大的样子。
【十八】**将将**(qiāng) 庄严雄伟的样子。
【十九】**蹶**(guì) 感动。
【二十】**先后** 指君王前后辅佐之臣。
【二一】**奔奏** 指奔命四方之臣。
【二二】**御侮** 指捍卫国家之臣。

堇

堇，别名紫花地丁，常生于潮湿的平原湿地或河沟边，广泛分布于中国各地。石龙芮全草可入药，含有原白头翁素，有毒，药用能消结核、截疟及治痈肿、疮毒、蛇毒和风寒湿痹。

以弗无子【三】。履帝武敏歆【四】，攸介攸止【五】，
载震载夙【六】，载生载育，时维后稷。

诞弥【七】厥月，先生如达。不坼不副【八】，无菑【九】无害，以赫厥灵。上帝不宁【十】，不康禋祀，居然生子。

诞寘【十一】之隘巷，牛羊腓字之。诞寘之平林，会伐平林。诞寘之寒冰，鸟覆翼之。鸟乃去矣，后稷呱【十二】矣。实覃实訏【十三】，厥声载路。

诞实匍匐，克岐克嶷，以就口食。蓺【十四】之荏菽，荏菽旆旆【十五】。禾役穟穟【十六】，麻麦幪幪，瓜瓞唪唪【十七】。

诞后稷之穑，有相之道。茀厥丰草，种之黄茂。实方实苞，实种实褎【十八】。实发实秀，实坚实好。实颖实栗，即有邰家室。

诞降嘉种，维秬维秠【十九】，维穈维芑【二十】。恒之秬秠，是获是亩。恒之穈芑，是任是负，以归肇祀。

诞我祀如何？或舂或揄，或簸或蹂。释之叟叟，烝之浮浮。载谋载惟，取萧祭脂。取羝以軷【二一】，载燔载烈，以兴嗣岁。

昂盛于豆，于豆于登，其香始升。上帝居歆，胡臭亶时【二二】。后稷肇祀，庶无罪悔，以迄于今。

题解 这是一首记录后稷生平的神话性史诗。诗中追述农神后稷的事迹，主要记叙他出生的神奇和他在农业种植方面的特殊才能，用以在祭祀中献篇。

【一】**厥初** 其初。
【二】**时** 是，这。
【三】**以弗无子** 以避免没有子嗣。
【四】**敏** 通『拇』，大拇趾。**歆** 心有所感的样子。
【五】**介** 通『祄』，神保佑。**止** 通『祉』，神降福。
【六】**载震载夙**(sù) 指十月怀胎。
【七】**诞** 迨，到了。**弥** 满。
【八】**坼**(chè) 裂开。**副**(pì) 破裂。
【九】**菑**(zāi) 同『灾』。
【十】**不宁** 通『丕宁』，指大宁。
【十一】**寘**(zhì) 弃置。
【十二】**呱**(gū) 小儿哭声。
【十三】**覃**(tán) 长。**訏**(xū) 大。
【十四】**蓺**(yì) 同『艺』，种植。
【十五】**旆旆**(pèi) 茂盛的样子，下文中『幪(méng)幪』同义。
【十六】**穟**(suì)**穟** 禾穗饱满下垂的样子。
【十七】**唪**(fěng)**唪** 果实累累的样子。
【十八】**褎**(yòu) 禾苗渐渐长高。
【十九】**秬**(jù) 黑黍。**秠**(pī) 黍的一种。
【二十】**穈**(mén) 赤粱粟。**芑**(qǐ) 白高粱。
【二一】**軷** 读为『拔』，即剥去羊皮。
【二二】**胡臭**(xiù)**亶**(dǎn)**时** 为什么香气竟然如此之好。

荏菽

荏菽，即大豆，俗称黄豆。原产于中国，中国各地均有栽培，亦广泛栽培于世界各地。大豆是中国重要粮食作物之一，已有五千年栽培历史。大豆用途广泛，可用来制作豆腐、豆浆等各种豆制品，能榨油、酿造酱油、制作酱菜，还可以提取蛋白质。

奕奕【一】梁山，维禹甸【二】之，有倬【三】其道。韩侯受命，王亲命之：缵戎祖考【四】，无废朕命。夙夜匪解【五】，虔共【六】尔位，朕命不易。榦【七】不庭方，以佐戎辟。

四牡奕奕，孔修且张。韩侯入觐，以其介圭【八】，入觐于王。王锡【九】韩侯，淑旂【十】绥章，簟茀错衡，玄衮赤舄【十一】，钩膺镂锡，鞹鞃【十二】浅幭，鞗革金厄。

韩侯出祖，出宿于屠。显父饯之，清酒百壶。其肴维何？炰鳖鲜鱼。其蔌维何？维笋及蒲。其赠维何？乘马路车。笾豆【十三】有且。侯氏燕胥。

韩侯取妻，汾王之甥，蹶父之子。韩侯迎止，于蹶之里。百两彭彭，八鸾锵锵，不显其光。诸娣从之，祁祁如云。韩侯顾之，烂其盈门。

蹶父孔武，靡国不到。为韩姞相攸，莫如韩乐。孔乐韩土，川泽訏訏【十四】，鲂鱮甫甫，麀鹿噳噳【十五】，有熊有罴，有猫有虎。庆既令居，韩姞燕誉。

溥彼韩城，燕师所完。以先祖受命，因时百蛮。王锡韩侯，其追其貊。奄受北国，因以其伯。实墉实壑，实亩实藉。献其貔皮，赤豹黄罴。

题解 这是一首记述颂扬周宣王时期韩侯治国有方的诗。从觐见、迎亲、饯行等方面描写了韩侯的活动和韩国的风貌。

注释

【一】**奕奕** 高大的样子。

【二】**甸** 治理。传说大禹治水开辟九州。

【三】**倬**(zhuō) 宽广。

【四】**缵**(zuǎn) 继承。**戎** 你。**祖考** 先祖。

【五】**匪解** 非懈，即不懈怠。

【六】**虔共**(gōng) 敬诚恭谨。共，通『恭』。

【七】**榦**(gàn) 正，纠正。

【八】**介圭** 朝觐时用的玉制礼器。

【九】**锡** 同『赐』，赏赐。

【十】**淑旂**(qí) 色彩美丽绘有蛟龙、日月图案的旗子。

【十一】**玄衮** 黑色龙袍，周朝王公贵族的礼服。**赤舄**(xì) 红鞋。

【十二】**鞹**(kuò)**鞃**(hóng) 包皮革的车轼横木。

【十三】**笾**(biān)**豆** 饮食用具，笾是盛果脯的高脚竹器，豆是盛食物的高脚、盘状陶器。

【十四】**訏訏** 广大的样子。

【十五】**麀**(yōu) 母鹿。**噳**(yǔ)**噳** 描述许多鹿聚集在一起的样子。

笋

笋，又称竹笋，是竹子初从土里长出的嫩芽。竹笋味道鲜美，且富含蛋白质、氨基酸、糖类、胡萝卜素等多种营养物质。可以用来做菜。中医认为，春笋有『利九窍、通血脉、化毯涎、消食胀』的功效。

《周颂·丰年》

丰年【一】多黍多稌，亦有高廪【二】，万亿及秭【三】。为酒为醴【四】，烝【五】畀【六】祖妣【七】。以洽百礼【八】，降福孔皆【九】。

题解 这是一首庆祝丰收的诗。古代农民的收成基本靠天，于是古人于收获之后，为报鬼神的庇佑，常举行祭奠活动，借以娱神，并喜庆丰收。

注释

【一】**丰年** 丰收之年。

【二】**高廪**（lǐn） 高大的粮仓。

【三】**万亿及秭**（zǐ） 近十亿。周代以十千为万，十万为亿，十亿为秭。

【四】**醴**（lǐ） 甜酒。

【五】**烝**（zhēng） 献。

【六】**畀**（bì） 给予。

【七】**祖妣**（bǐ） 指男女祖先。

【八】**洽**（qià） 配合。**百礼** 指各种祭祀礼仪。百，形容多。

【九】**孔** 很，甚。**皆** 普遍。

稌

稌（tú），即稻子。稻按其生存环境的不同，可以分为水稻、旱稻、海稻。中国常见为水稻。稻子可制米，是人类重要的粮食作物之一。

第二卷

树木

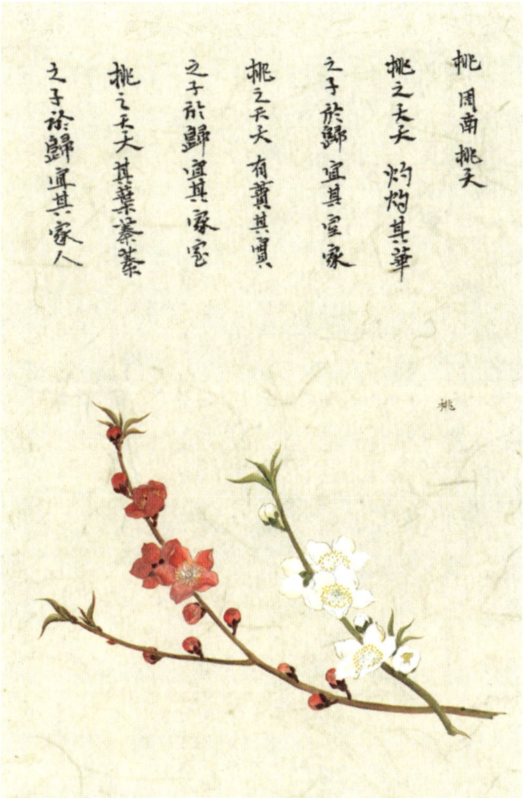

桃 周南 桃夭
桃之夭夭 灼灼其華
之子於歸 宜其室家
桃之夭夭 有蕡其實
之子於歸 宜其家室
桃之夭夭 其葉蓁蓁
之子於歸 宜其家人
桃

《周南·桃夭》

桃之夭夭【一】，灼灼【二】其华。之子【三】于归，宜【四】其室家。

桃之夭夭，有蕡【五】其实。之子于归，宜其家室。

桃之夭夭，其叶蓁蓁【六】。之子于归，宜其家人。

题解 这是一首祝贺年轻姑娘出嫁的诗。诗以桃花起兴，用美丽绚烂的桃花喻美人，表达对美人出嫁的欢欣和祝福。

注释

【一】**夭夭** 花朵怒放，茂盛美丽，生机勃勃的样子。

【二】**灼灼** 花朵色彩鲜艳如火的样子。

【三】**之子** 这位姑娘。

【四】**宜** 和顺、亲善。

【五】**有蕡**(fén) 蕡，果实硕大的样子。

【六】**蓁**(zhēn)**蓁** 树叶繁盛的样子。

桃

桃，即桃树，是一种落叶小乔木。花可以观赏，已培育出供观赏的品种。果实是常见水果，鲜美多汁，可以生食或制成桃脯、罐头等，核仁性平，味苦，功能破血祛瘀，润燥。中国是桃树的故乡，据文字记载，早在公元前十世纪中国人就有种桃树获取果实的习惯。

《唐风·山有枢》

山有枢，隰有榆。子有衣裳，弗曳【一】弗娄【二】。子有车马，弗驰弗驱。宛【三】其死矣，他人是愉。

山有栲，隰有杻。子有廷内，弗洒弗埽【四】。子有钟鼓，弗鼓弗考【五】。宛其死矣，他人是保【六】。

山有漆，隰有栗。子有酒食，何不日【七】鼓瑟？且以喜乐，且以永日【八】。宛其死矣，他人入室。

题解 这是一首劝说友人及时行乐的诗。作者奉劝友人享受生活，人死后财物会被他人占有，语句中含有对生命短暂的感慨与不甘。

注释

【一】**曳**（yè）拖着。

【二】**娄** 即『搂』，用手把衣服拢着提起来。

【三】**宛** 通『苑』，枯萎死掉的样子。

【四】**埽**（sào）通『扫』。

【五】**考** 敲。

【六】**保** 占有。

【七】**日** 每天。

【八】**永日** 整日，终日。

枢／榆

枢，即刺榆，是一种长有棘刺的小乔木。刺榆耐干旱，可用于固沙，木材可制农具和器具，树皮可制绳，种子可以榨油。刺榆的根、树皮或嫩叶可入药，根皮或树皮和醋捣烂敷患处能治痈肿，嫩叶作羹食可治水肿。

榆，即榆树，又名春榆、白榆等。榆树形态千奇百怪，有『榆木疙瘩』之称，也因此成为中国人喜爱的盆景植物。榆树高大，绿荫较浓，适应性强，生长快，是城市绿化的重要树种。榆荚又叫榆钱，食用有安神健脾的功效。

榆

《大雅·皇矣》

皇【一】矣上帝，临下有赫。监观四方，求民之莫【二】。
维此二国，其政不获【三】。维彼四国，爰究爰度【四】。
上帝耆【五】之，憎其式廓【六】。乃眷西顾，此维与宅。
作之屏之，其菑其翳【七】。修之平之，其灌其栵【八】。
启之辟之，其柽其椐。攘之剔之，其檿其柘。帝迁明德，
串夷载路。天立厥配，受命既固。
帝省其山，柞棫斯拔，松柏斯兑【九】。帝作邦作对，
自大伯王季。维此王季，因心则友。则友其兄，则笃其庆，

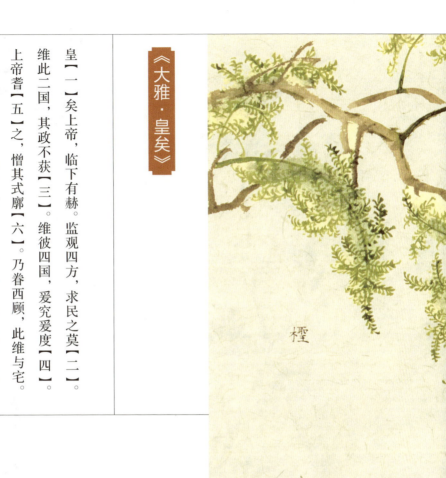

李

柯亭

唐棣／李

唐棣，即郁李，又被叫做常棣、车下李、爵李、雀梅。常生长于温带地区的山坡林下、灌丛中。花朵似樱花，可供园林观赏。种仁入药，名郁李仁，其制剂有显著的降压作用。

李，即李子，别名嘉庆子、布林。李子的果实亦称李子，口味良好，深受人们喜爱，在世界各地均有栽培。新鲜李子味酸，食用后能促进胃酸和胃消化酶的分泌，并能促进胃肠蠕动，因而有开胃和促消化的功效。

载锡之光，受禄无丧，奄【十】有四方。

维此王季，帝度其心。貊【十一】其德音，其德克明。克明克类，克长克君。王此大邦，克顺克比。比于文王，其德靡悔。既受帝祉，施于孙子。

帝谓文王：无然畔援【十二】，无然歆羡【十三】，诞先登于岸。密人不恭，敢距大邦，侵阮徂共。王赫斯怒，爰整其旅，以按徂旅。以笃于周祜，以对于天下。

依其在京，侵自阮疆。陟我高冈，无矢【十四】我陵。我陵我阿，无饮我泉，我泉我池。度其鲜【十五】原，居岐之阳，在渭之将。万邦之方，下民之王。

帝谓文王：予怀明德，不大声以色，不长夏以革。不识不知，顺帝之则。帝谓文王：询尔仇方，同尔弟兄。以尔钩援，与尔临冲，以伐崇墉。

临冲闲闲，崇墉言言。执讯【十六】连连，攸馘【十七】安安。是类是祃【十八】，是致是附，四方以无侮。临冲茀茀【十九】，崇墉仡仡【二十】。是伐是肆，是绝是忽。四方以无拂。

注释

【一】**皇** 光辉、伟大。

【二】**莫** 通「瘼」，疾苦。

【三】**不获** 不得民心。

【四】**度**(duó) 图谋。

【五】**耆** 读为「稽」，考察。

【六】**式廓** 犹言「规模」。

【七】**菑**(zī) 指直立而死的树木。**翳** 通「殪」，指死而仆倒的树木。

【八】**栵**(lì) 斩而复生的枝杈。

【九】**兑** 直立。

【十】**奄** 全，尽。

【十一】**貊**(mò) 应为「莫」，传布。

【十二】**畔援** 犹「盘桓」，徘徊不进的样子。

【十三】**歆羡** 犹言「觊觎」，非分的希望和企图。

【十四】**矢** 借作「施」，陈设。此指陈兵。

【十五】**鲜**(xiǎn) 犹「巘」，小山。

【十六】**讯** 读为「奚」，俘虏。

【十七】**馘**(guó) 古代战争时将所杀之敌割取左耳以计数献功，称「馘」，也称「获」。

【十八】**类、祃** 皆为祭祀种类。

【十九】**茀茀** 强盛的样子。

【二十】**仡**(yì)**仡** 高壮的样子。

题解 这是一首叙述周王先祖功德的颂诗，是周部族多篇开国史诗之一。这首诗先写了古公亶父经营岐山、打退昆夷的情况，再写王季的发展和他的德行，最后重点描述了文王伐密、灭崇的事迹和武功。

《召南·何彼秾矣》

何彼【一】矣，唐棣之华！曷【二】不肃雍【三】？
王姬秾秾【四】之车。
何彼秾矣，华如桃李！平王之孙，齐侯之子。
其钓【五】维何？维丝伊缗【六】。齐侯之子，平王之孙。

题解 这是一首为周王之女与齐侯之子新婚而作的诗。诗中极力描绘王姬出嫁时车服的豪华奢侈和结婚场面的盛大，在赞叹之余微露讽刺之意。

注释

【一】秾(nóng) 花木繁盛的样子。
【二】曷(hé) 何。
【三】肃雍 庄严雍和。
【四】王姬 周王的女儿，姬姓，故称王姬。
【五】钓 钓鱼的工具。
【六】缗(mín) 合股丝绳，喻男女合婚。

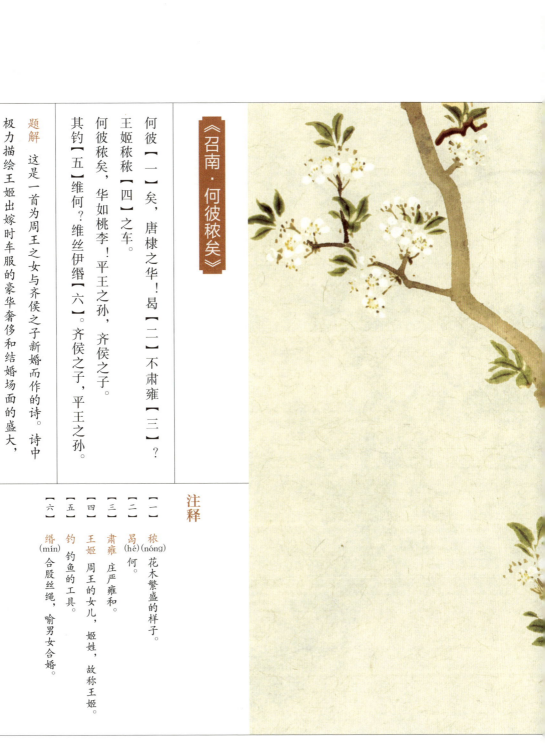

柽

柽（chēng），即柽柳，又名西河柳、垂丝柳、阴柳。柽柳枝条细柔，姿态婆娑，开花如红蓼，颇为美观。常为庭园观赏植栽。柽柳能生长在极恶劣的环境中，嫩叶可入药，用于治疗痘疹透发不畅或疹毒内陷、感冒咳嗽、风湿骨痛。

駁

《秦风·晨风》

鴥【一】彼晨风，郁【二】彼北林。未见君子，忧心钦钦【三】。如何如何，忘我实多！

山有苞【四】栎，隰【五】有六驳。未见君子，忧心靡乐。如何如何，忘我实多！

山有苞棣，隰有树檖【六】。未见君子，忧心如醉。如何如何，忘我实多！

题解 这是一首女子思念恋人的诗。女主人公痴痴地等待着自己的恋人归来，却不住地想，这个人可能早就把她忘记了。

注释

【一】**鴥**（yù）形容鸟疾飞的样子。

【二】**郁** 郁郁葱葱。

【三】**钦钦** 忧思难忘的样子。

【四】**苞** 丛生的样子。

【五】**隰** 低洼湿地。

【六】**树** 形容檖树直立的样子。**檖**（suì）树名，即山梨。

驳／棣

驳，即梓榆，一种古书上记载的树种。梓榆的树皮青白色间杂，远看就像是驳马的皮毛，故叫驳。梓榆是乔木，木材可供建筑、做家具。树皮叫梓白皮，可供药用。

棣，唐棣，也叫郁李、寿李、小桃红、赤李子等，果实色红，如梨，种仁可入药，叫做郁李仁，能够润燥滑肠、下气、利水，还能降血压。苞棣是花果俱美的观赏树木，可用于庭院装饰。

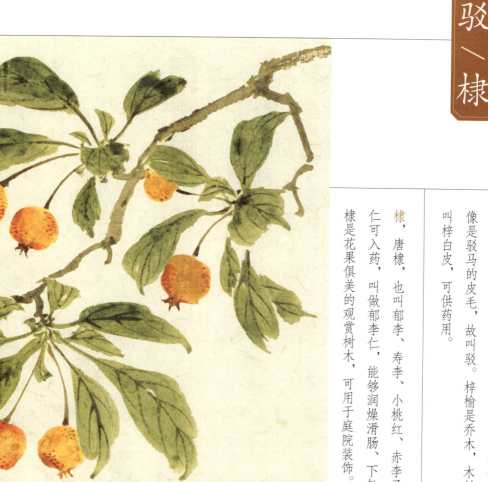

《唐风·绸缪》

绸缪束薪【一】，三星【二】在天。今夕何夕，见此良人【三】。子兮子兮，如此良人何！

绸缪束刍【四】，三星在隅【五】。今夕何夕，见此邂逅【六】。子兮子兮，如此邂逅何！

绸缪束楚，三星在户。今夕何夕，见此粲【七】者。子兮子兮，如此粲者何！

题解 这是一首关于结婚的民歌，口吻戏谑，是贺新婚闹新房时周围人唱的歌。

注释

【一】**绸缪** 缠绕。**束** 捆束。**薪** 柴草。

【二】**三星** 即参星，主要由三颗星组成。

【三】**良人** 丈夫，指新郎。

【四】**刍**(chú) 喂牲口的青草。下文的『楚』是荆条。

【五】**隅**(yú) 指东南角。

【六】**邂逅** 即解媾、不期而遇，引申为难得之喜。

【七】**粲**(càn) 漂亮的人，指新娘。

楚

楚，灌木名，即牡荆。马鞭草科。主要分布于中国长江以南各省，北达秦岭淮河地区。生于山坡路旁或灌木丛中。牡荆的茎皮可造纸，种子可供药用、又可提取芳香油。

甘棠

《召南·甘棠》

蔽芾【一】甘棠，勿翦勿伐【二】，召伯所茇【三】。

蔽芾甘棠，勿翦勿败，召伯所憩。

蔽芾甘棠，勿翦勿拜【四】，召伯所说【五】。

题解 这是一首语言清新真挚的赞美诗。召公生前治理得当，使得人民和睦。当他去世后，人们怀念他，连他曾休息过的树都不忍心砍伐，侧面表现出人们对召公的尊敬和赞美。

注释

【一】**蔽芾**（fèi）一说树木高大茂密的样子。

【二】**翦** 同『剪』，**伐** 砍伐。

【三】**茇**（bá）草舍，此处意为露宿。

【四】**拜** 拔也，一说屈、折。

【五】**说**（shuì）通『税』，休憩，止息。

甘棠

甘棠，即棠梨，又名野梨、鹿梨。其根、叶可以入药，能够润肺止咳、清热解毒。果实食用后可以健胃、止痢。

《召南·摽有梅》

摽有【一】梅，其实七【二】兮！求我庶士【三】，迨其吉【四】兮！

摽有梅，其实三兮！求我庶士，迨其今兮！

摽有梅，顷筐塈【五】之！求我庶士，迨其谓【六】之！

题解 这是一首描写待嫁女子心理活动的诗。青年女子在男女自由相会的节日中吟唱歌曲，目的是为了吸引异性的注意，以寻觅幽会的伴侣。

注释

【一】**摽**(biào) 一说坠落，一说掷、抛。**有** 语助词，无义。

【二】**七** 即七成，指树上未落的梅子还有七成。

【三】**庶** 众多。**士** 未婚男子。

【四】**迨**(dài) 及，趁。**吉** 好日子。

【五】**顷筐** 斜口浅筐，类似簸箕。**塈**(jì) 一说取，一说给。

【六】**谓** 一说聚会，一说告诉、约定。

梅

梅，即青梅。原产中国，多分布于长江以南地区的丘陵、坡地林中。越南、泰国、菲律宾、印度尼西亚等有分布。青梅木材耐腐、耐湿，为优良的木材，果实味道酸，可用来制作蜜饯、罐头，还可用来煮酒。

《魏风·园有桃》

园有桃，其实之肴【一】。心之忧矣，我歌且谣【二】。不知我者，谓我士也骄。彼人是哉，子曰何其【三】？心之忧矣，其谁知之！其谁知之！盖【四】亦勿思！

园有棘，其实之食。心之忧矣，聊以行国【五】。不我知者，谓我士也罔极【六】。彼人是哉，子曰何其？心之忧矣，其谁知之！其谁知之！盖亦勿思！

注释

【一】**肴** 吃。

【二】**歌、谣** 此处皆作动词用，都表示唱。

【三】**子** 你，指作者。**何其** 为什么。这一句是作者问自己。

【四】**盖**(hé) 通『盍』，何不。

【五】**聊** 姑且。**行国** 离开城邑，周游于国中。

【六】**罔极** 无极，变化无常，没有准则。

题解 这是一首忧国忧民之志士仁人抒怀诗。所谓众人皆醉我独醒，诗人看清了社会现实，却不被人理解，只能通过诗诉说自己的悲痛。

棘

棘，即酸枣。这是一种野生的灌木，其枝、叶、花的形态与普通枣相似，但是果实味道酸，因此被称作酸枣。酸枣树的果实可以入药，有养肝、宁心、安神、敛汗功效，可用于失眠等病症的治疗。常吃酸枣可以补充维生素，美容养颜抗衰老。

《邶风·简兮》

简【一】兮简兮，方将万舞【二】。日之方中【三】，在前上处。

硕人俣俣【四】，公庭万舞。有力如虎，执辔如组。

左手执龠【五】，右手秉翟【六】。赫如渥赭【七】，公言锡爵。

山有榛，隰【八】有苓。云谁之思？西方【九】美人【十】。彼美人兮，西方之人兮。

题解 这是一首描写公庭万舞场面的诗。关于本诗表达的情感有多种说法，有人认为这是讽刺卫君沉迷声色的诗，有人认为这是写舞女辛酸的诗，有人认为这是卫国宫廷女子爱慕舞师的诗。

注释

【一】**简** 一说鼓声，一说形容舞师武勇之貌。

【二】**万舞** 一种舞蹈的名称。

【三】**方中** 正好中午。

【四】**俣(yǔ)俣** 魁梧健美的样子。

【五】**龠(yuè)** 三孔笛。

【六】**翟(dí)** 野鸡的尾羽。

【七】**渥(wò)** 湿润。**赭(zhě)** 赭石，矿物颜料中的一种红褐色。

【八】**隰(xí)** 地势低的湿地。

【九】**西方** 西周地区，卫国在西周的东面。

【十】**美人** 指英俊的舞师。

榛

榛，一种落叶灌木或小乔木，生于海拔200～1000米的山地阴坡灌丛中，抗寒性强，喜欢湿润的气候。榛树的果实叫榛子，可以食用，富含油脂、蛋白质、碳水化合物、维生素等物质，还有抗癌和降低胆固醇的功效。

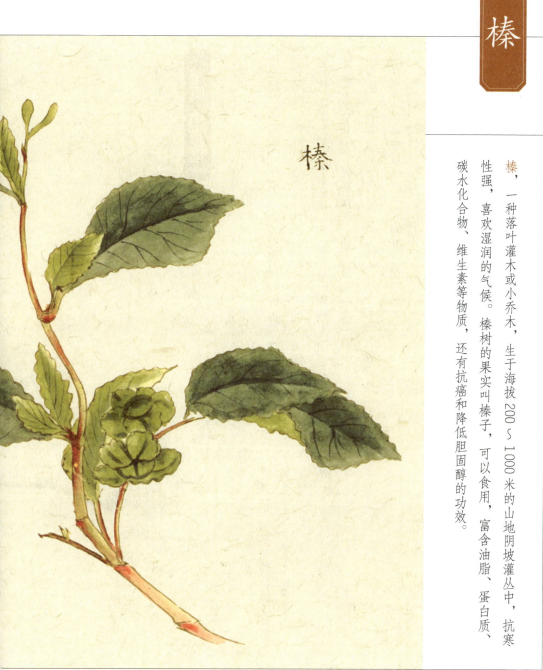

《唐风·山有枢》

山有枢，隰有榆。子有衣裳，弗曳【一】弗娄【二】。
子有车马，弗驰弗驱。宛【三】其死矣，他人是愉。
山有栲，隰有杻。子有廷内，弗洒弗埽【四】。子有钟鼓，
弗鼓弗考【五】。宛其死矣，他人是保【六】。
山有漆，隰有栗。子有酒食，何不日【七】鼓瑟？且
以喜乐，且以永日【八】。宛其死矣，他人入室。

题解 这是一首劝说友人及时行乐的诗。作者奉劝友人享受生活，人死后财物会被他人占有，语句中含有对生命短暂的感慨与不甘。

注释

【一】**曳**（yè）拖着。
【二】**娄** 即『搂』，用手把衣服拢着提起来。
【三】**宛** 通『苑』，枯萎死掉的样子。
【四】**埽**（sào）通『扫』。
【五】**考** 敲。
【六】**保** 占有。
【七】**日** 每天。
【八】**永日** 整，终日。

栗

栗，高大乔木，除青海、宁夏、新疆、海南等少数省区外，广布中国南北各地。果实为坚果，口感香甜，可以生食，或直接炒熟食用，也可搭配其他食材烹饪。栗树根和树皮可作药，能够行气止痛、活血调经。

《小雅·湛露》

湛湛【一】露斯，匪阳不晞【二】。厌厌【三】夜饮，不醉无归。

湛湛露斯，在彼丰草。厌厌夜饮，在宗载考【四】。

湛湛露斯，在彼杞棘。显允【五】君子，莫不令德【六】。

其桐其椅，其实离离【七】。岂弟【八】君子，莫不令仪【九】。

注释

【一】**湛湛** 露水浓重的样子。

【二】**匪** 通『非』。**晞**(xī) 干。

【三】**厌**(yān)**厌** 和颜悦色的样子。

【四】**宗** 宗庙。**载**(zài) 则。**考** 成。

【五】**显允** 光明磊落而诚信忠厚。

【六】**令德** 美德。

【七】**离离** 果实多而下垂的样子。犹『累累』。

【八】**岂**(kǎi)**弟**(tì) 同『恺悌』，和乐平易的样子。

【九】**令仪** 美好的容止、威仪。

题解 这是一首宴饮诗，描写贵族们举行宴会、尽情饮乐、互相赞美的愉快情景。

椅

椅，即山桐子，是一种落叶乔木。山桐子的浆果成熟期呈紫红色，扁圆形，形似红珍珠。山桐子为山地、园林的观赏树种，而果实和种子可以用来榨油食用。

《鄘风·定之方中》

定【一】之方中，作于楚宫【二】。揆【三】之以日，作于楚室。树【四】之榛栗，椅桐梓漆，爰【五】伐琴瑟。

升彼虚【六】矣，以望楚矣。望楚与堂，景山与京【七】。降观于桑。卜云其吉，终焉允臧【八】。

灵雨既零，命彼倌【九】人。星言夙驾，说于桑田。匪直也人，秉心塞渊【十】。騋牝【十一】三千。

题解 这是一首称颂诗。诗文赞美卫文公建造宫室、占卜吉凶、督促农耕，体现他踏实肯干的精神。

注释

【一】**定** 定星，又叫营室星。此星掌宫室营造。

【二】**作于楚宫** 即在楚丘地方营建宫室。

【三】**揆**(kuí) 测度。

【四】**树** 种植，栽种。

【五】**爰**(yuán) 于是。

【六】**虚**(xū) 一说故城，一说大丘，同『墟』。

【七】**京** 高丘。

【八】**允** 确实。**臧** 好，善。

【九】**倌** 驾车小臣。

【十】**塞渊** 踏实深远。

【十一】**騋**(lái) 七尺以上的马。**牝**(pìn) 母马。

桐

桐，是一类大叶乔木的统称，包括梧桐、油桐、泡桐等，这里应指泡桐。泡桐喜温暖气候，原产中国，如今分布很广。泡桐的根、果可入药，根有祛风、解毒、消肿、止痛的功效，果实可以化痰止咳。

弁【一】彼鸒【二】斯，归飞提提【三】。民莫不谷，我独于罹【四】。何辜【五】于天？我罪伊何？心之忧矣，云如之何！

踧踧【六】周道，鞫【七】为茂草。我心忧伤，惄【八】焉如捣。假寐【九】永叹，维忧用老。心之忧矣，疢【十】如疾首。

维桑与梓，必恭敬止。靡瞻匪父【十一】，靡依匪母。不属于毛【十二】？不罹【十三】于里？天之生我，我辰安在？

菀彼柳斯，鸣蜩嘒嘒，有漼【十四】者渊，萑苇淠淠【十五】。譬彼舟流，不知所届，心之忧矣，不遑假寐。

鹿斯之奔，维足伎伎【十六】。雉之朝雊，尚求其雌。譬彼坏木，疾用无枝。心之忧矣，宁莫之知？

相彼投兔，尚或先之。行有死人，尚或墐【十七】之。君子秉心，维其忍之。心之忧矣，涕既陨之。

君子信谗，如或酬之。君子不惠，不舒究之。伐木掎矣，析薪扡矣。舍彼有罪，予之佗矣。

莫高匪山，莫浚匪泉。君子无易由言，耳属于垣。无逝我梁，无发我笱。我躬不阅，遑恤我后！

注释

【一】**弁**（pán）通『般』，快乐。

【二】**鸒**（yù）鸟名。

【三】**提提**（shí）群鸟安闲翻飞的样子。

【四】**罹**（lí）忧愁。

【五】**辜** 罪过。

【六】**踧踧**（dí）平坦的状态。

【七】**鞫**（jū）阻塞。

【八】**惄**（nì）忧伤。

【九】**假寐** 指和衣小憩。

【十】**疢**（chèn）一种使内心忧痛烦热的病。

【十一】**靡** 不。**匪** 不是。『靡……匪……』为双重否定句。

【十二】**毛** 犹表，古代裘衣毛在外。

【十三】**罹**（lì）通『丽』，附着。

【十四】**漼**（cuǐ）水深的样子。

【十五】**淠淠**（pèi）茂盛的样子。

【十六】**伎伎**（qí）鹿急跑的样子。

【十七】**墐**（jìn）掩埋。

题解 这是一首质问苍天为何命运不公的哀怨诗。关于此诗内容有多种说法，有人认为是太子姬宜臼哀怨周幽王放逐自己，有人认为是尹吉甫儿子伯奇受父虐待而作，也有人认为这是一首弃妇诗。

梓

梓，又名梓树、花楸、水桐。梓树叶片茂盛，适合用作行道树，其树干也是良好的木材，还可入药。另外，古人喜好在住宅旁种植桑与梓，认为有养生送死的功能，所以故乡又被称作『桑梓之地』。

《秦风·车邻》

有车邻邻【一】，有马白颠【二】。未见君子【三】，寺人【四】之令。

阪【五】有漆，隰【六】有栗。既见君子，并坐鼓瑟。今者【七】不乐，逝者其耋【八】。

阪有桑，隰有杨。既见君子，并坐鼓簧。今者不乐，逝者其亡。

题解 这是一首贵族宣扬及时行乐思想的诗歌。主人公去见友人，友人邀他一起奏乐，并劝他及时行乐。

注释

【一】**邻邻** 同辚辚，车行声。

【二】**白颠** 马额正中有块白毛，是一种良马，也称戴星马。

【三】**君子** 此是对友人的尊称。

【四】**寺人** 宦官。

【五】**阪**(bǎn) 山坡。

【六】**隰** 地势低的湿地。

【七】**今者** 现在。

【八】**耋**(dié) 八十岁，此处泛指老人。

漆

漆，即漆树。漆树是分布广泛的落叶乔木，用途广泛。籽可榨油，木材坚实。在漆树树干韧皮部可以割取生漆，漆是一种优良的防腐、防锈的涂料。将漆树的树脂加工后可以制成干漆，是一种活血药，能够破瘀、消积、杀虫。

檜

《卫风·竹竿》

籊籊竹竿【一】，以钓于淇。岂不尔思【二】？远莫致【三】之。

泉源在左，淇水在右。女子有行【四】，远兄弟父母。

淇水在右，泉源在左。巧笑之瑳【五】，佩玉之傩【六】。

淇水滺滺【七】，桧楫【八】松舟。驾言【十】出游，以写【十一】我忧。

题解 这是一首思乡诗。女主人公远嫁他乡，想起自己无忧无虑地在淇水岸边玩耍的时光，引起自己对父母和兄弟的思念之情。

注释

【一】**籊(tì)籊** 长而细的样子。

【二】**尔思** 即思尔，想念你。

【三】**致** 到。

【四】**行** 远嫁。

【五】**瑳(cuō)** 玉色洁白，这里指露齿巧笑的样子。

【六】**傩(nuó)** 通『娜』，婀娜。一说行动有节奏的样子。

【七】**滺(yōu)** 河水荡漾之状。

【八】**楫(jí)** 船桨。这里指用桧木做的船桨。

【九】**驾言** 本意是驾车，这里指划船。

【十】**写(xiè)** 通『泻』，宣泄，排解。

桧

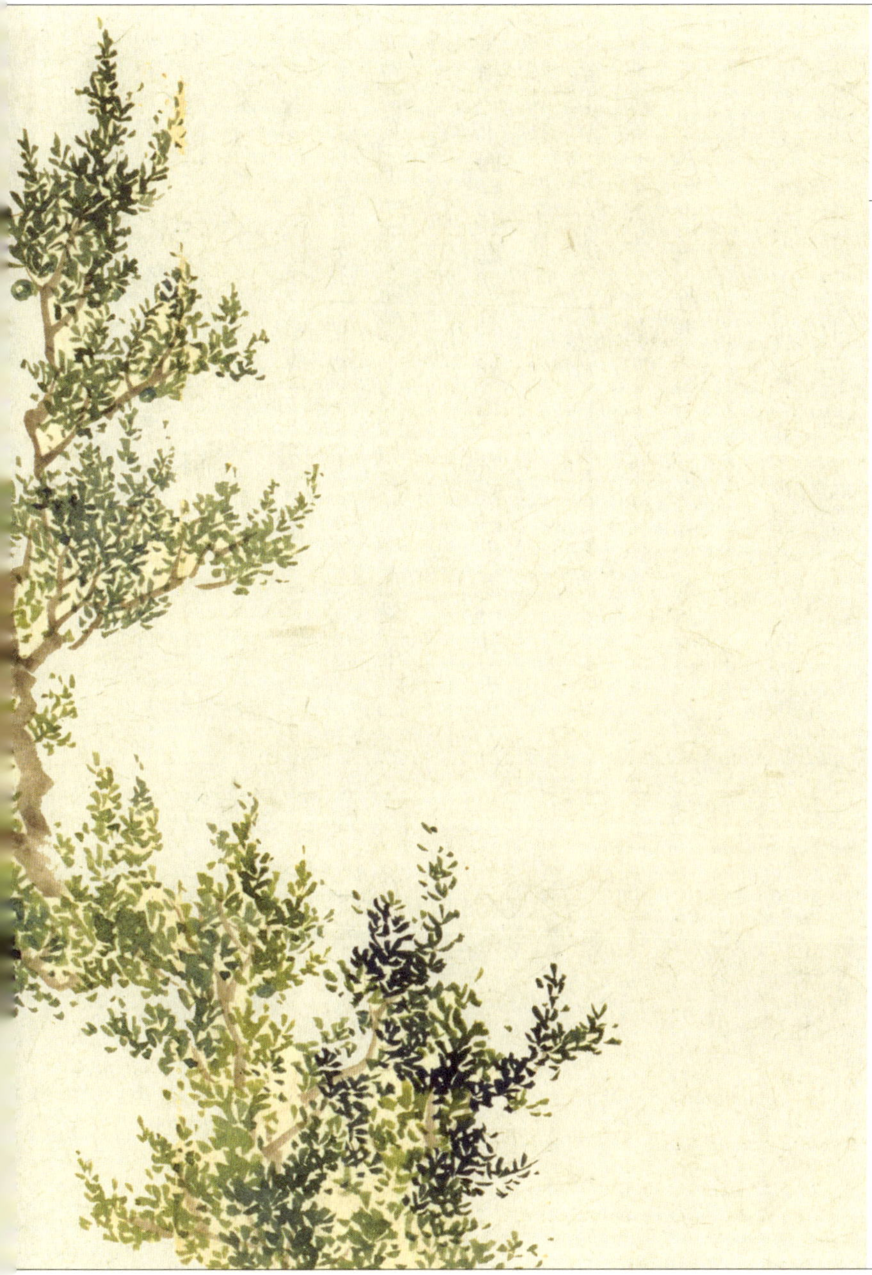

桧，又叫圆柏，是一种原产于中国的常绿乔木，外形似松树又似柏树。桧树木材能耐腐蚀，有芳香，木材紧致，可以制作工艺品。桧树的枝叶可以提取挥发油。桧树也适合用作绿化树和道旁树。

秩秩【一】斯干【二】，幽幽南山。如竹苞【三】矣，如松茂矣。兄及弟矣，式相好矣，无相犹【四】矣。似续妣祖【五】，筑室百堵，西南其户。爰居爰处，爰笑爰语。

约之阁阁【六】，椓之橐橐【七】。风雨攸【八】除，鸟鼠攸去，君子攸芋【九】。

如跂斯翼【十】，如矢斯棘【十一】，如鸟斯革，如翚【十二】斯飞，君子攸跻【十三】。

殖殖【十四】其庭，有觉其楹。哙哙【十五】其正，哕哕其冥，君子攸宁。

下莞上簟，乃安斯寝。乃寝乃兴，乃占我梦。吉梦维何？维熊维罴【十六】，维虺【十七】维蛇。

大人【十八】占之：维熊维罴，男子之祥；维虺维蛇，女子之祥。

乃生男子，载寝之床。载衣之裳，载弄之璋。其泣喤喤【十九】，朱芾【二十】斯皇，室家君王。

乃生女子，载寝之地。载衣之裼【二一】，载弄之瓦。无非无仪，唯酒食是议，无父母诒罹。

题解 这是一首祝贺周王宫室落成的歌辞。从宫室的宏伟外形写到华丽的内饰，再写主人生儿育女、富贵至极，享受天伦之乐，充满赞美之情。

注释

【一】**秩秩** 形容山涧水清流淌的样子。

【二】**干** 通『涧』，山间流水。

【三】**苞** 植物丛生的样子。

【四】**犹** 通『尤』，欺诈。

【五】**似** 通『嗣』，继承。**妣**(bǐ)**祖** 女性和男性先祖。

【六】**约** 用绳索捆扎。**阁阁** 捆扎的声音。

【七】**椓**(zhuó) 用杵捣土、打夯。**橐**(tuó)**橐** 捣土的声音。

【八】**攸** 乃、于是就。

【九】**芋** 鲁诗作『宇』屋宇。这里有居住的意思。

【十】**跂**(qǐ) 踮起脚跟。**翼** 端庄肃敬的样子。

【十一】**棘** 通『急』。一说指棱角。

【十二】**翚**(huī) 锦鸡。

【十三】**跻**(jī) 登。

【十四】**殖殖** 平正的样子。

【十五】**哙**(kuài)**哙** 同『快快』。宽敞明亮的样子。**哕**(huì)**哕** 昏暗的样子。

【十六】**罴**(pí) 一种野兽，似熊而大。

【十七】**虺**(huǐ) 一种毒蛇，颈细头大，身有花纹。

【十八】**大人** 即太卜，周代掌占卜的官员。

【十九】**喤**(huáng)**喤** 哭声很大的样子。

【二十】**朱芾**(fú) 用熟制的兽皮所做的红色蔽膝，为天子所服。

【二一】**裼**(tì) 婴儿用的褓衣。

松

松，是一种常绿针叶树种，种类繁多，全球共有八十余种。松树多为木质优良的高大乔木，自古就常用以盖房、造家具。松树寿命极长，观赏价值高，常被用来作为庭院观赏树，是健康长寿的象征。松树的叶子叫作松针，可入药。

《卫风·木瓜》

投【一】我以木瓜，报【二】之以琼琚【三】。匪报也，永以为好也！

投我以木桃【五】，报之以琼瑶。匪报也，永以为好也！

投我以木李【六】，报之以琼玖。匪报也，永以为好也！

题解 关于这首诗的主题有多种说法，主要有『男女相互赠答说』『朋友相互赠答说』『臣下报上说』等等。你赠我水果，我回赠你美玉，不是单纯为了要回赠，而是因为我们之间情深义重。

注释

【一】**投** 赠。

【二】**报** 回报、答谢。

【三】**琼琚**(jū) 指美玉。下文『琼瑶』『琼玖』同义。

【四】**匪** 同『非』，不是。

【五】**木桃** 果名，即楂子。

【六】**木李** 果名，又名木梨。

木瓜

木瓜，现今人们常说的木瓜其实是番木瓜，是一种引进果树。而中国古籍中说的木瓜是一种落叶灌木，即毛叶木瓜，又称木瓜海棠。毛叶木瓜的果实呈长椭圆形，果肉木质，味微酸、涩，有芳香，可以蒸煮或蜜渍后食用。

《王风·扬之水》

扬之水【一】，不流束薪【二】。彼其之子【三】，不与我戍申【四】。怀【五】哉怀哉，曷【六】月予还归哉？

扬之水，不流束楚。彼其之子，不与我戍甫【七】。怀哉怀哉，曷月予还归哉？

扬之水，不流束蒲。彼其之子，不与我戍许【八】。怀哉怀哉，曷月予还归哉？

题解 这是一首戍边战士思念家中妻子的诗歌。主人公在国家边境辗转驻守，想念故乡和家中的妻子，不由得感慨自己不知何日才得以归家。

注释

【一】**扬之水** 平缓流动的水。

【二】**不流** 冲不走。**束薪** 成捆的柴薪，喻婚姻。

【三】**之子** 那个人，指妻子。

【四】**戍申** 在申国戍守。申国，在今河南南阳北。

【五】**怀** 思念、怀念。

【六】**曷** 何。

【七】**甫** 甫国，即吕国，在今河南南阳西。

【八】**许** 许国，在今河南许昌东。

蒲

蒲，指蒲柳，学名红皮柳，是杨柳科柳属植物。红皮柳分布于我国大部地区，是重要的护岸树、风景林。红皮柳的茎韧性很高，可作编筐材料。柳条皮部含水杨酸，可供药用。

《小雅·鹤鸣》

鹤鸣于九皋【一】，声闻于野。鱼潜在渊【二】，或在于渚【三】。乐彼之园，爰有树檀【四】，其下维萚【五】。他山之石，可以为错【六】。

鹤鸣于九皋，声闻于天。鱼在于渚，或潜在渊。乐彼之园，爰有树檀，其下维榖【七】。他山之石，可以攻玉【八】。

题解 这是一首即景抒情小诗。诗人游历美景，看到山上的石头，进而感慨石头可以取作磨砺玉器的工具。后世常将此诗理解为讽谕周王不识人，弃真正的贤才隐居于山野。

注释

【一】**九皋** 皋，沼泽地。九，虚数词，表示多。此句意为许多沼泽。

【二】**渊** 深水潭。

【三】**渚** 水中小洲。

【四】**檀** 檀木。

【五】**萚**(tuò) 枯落的枝叶。这里比喻小人。

【六】**错** 砺石，可以打磨玉器。

【七】**榖**(gǔ) 即楮树。

【八】**攻玉** 将玉石琢磨成器。

檀

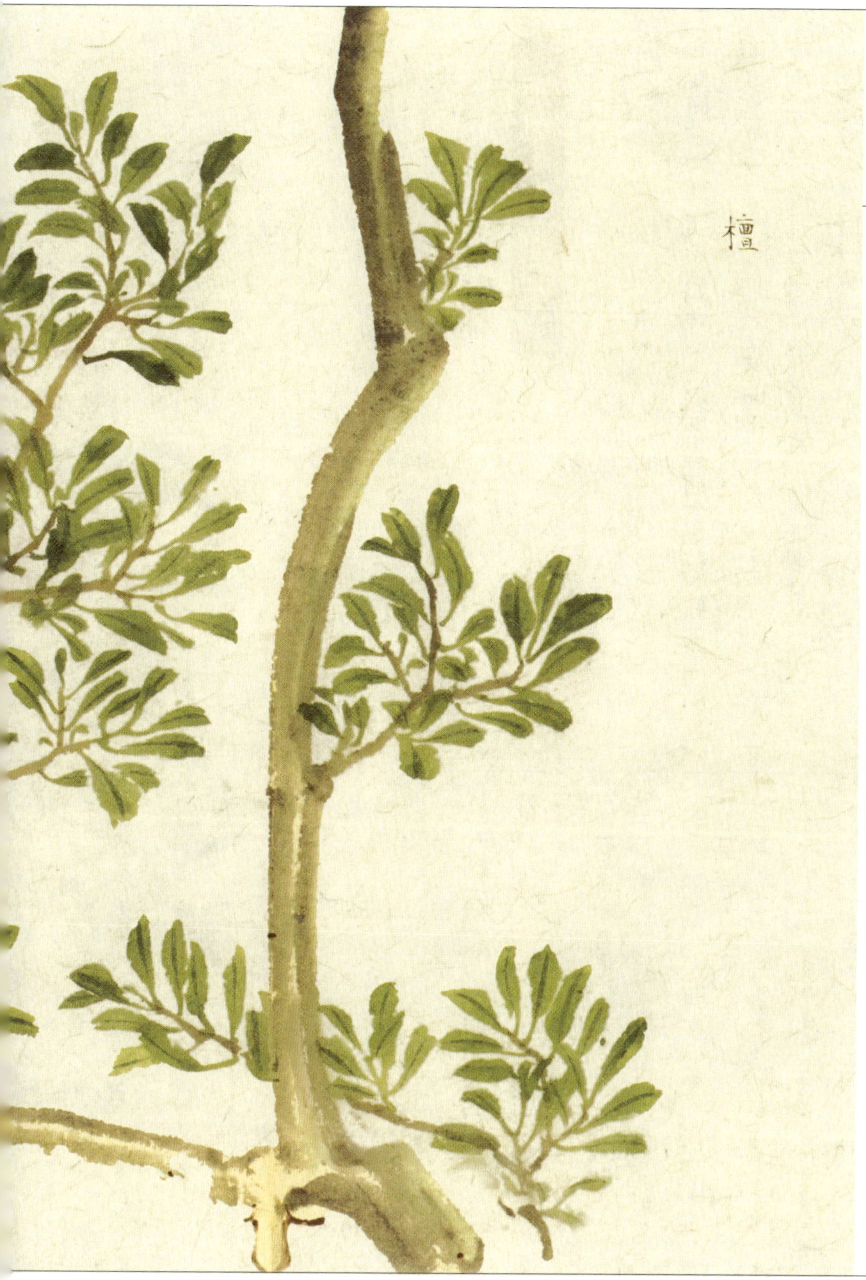

檀，是一种高大的乔木，有许多品种，比如绿檀、紫檀、黑檀。檀木主要生长在热带地区，其木质坚硬，可以制家具，木芯有芳香，能制成檀香。檀香亦可入药，为芳香健胃剂，治心腹疼痛、噎膈呕吐、胸膈不舒，蒸馏所得的檀香油，可做香水和肥皂的香料。

《郑风·有女同车》

有女同车【一】，颜如舜华。将翱将翔【二】，佩玉琼琚。
彼美孟姜【三】，洵美且都【四】。
有女同行，颜如舜英。将翱将翔，佩玉将将【五】。
彼美孟姜，德音【六】不忘。

题解 这是一首贵族男女的恋歌。诗以男子的语气，赞美了一同乘车的女子的美丽容貌和美好品德。

注释

【一】**同车** 同乘一辆车。

【二】**将翱**(áo)**将翔** 翱、翔，飞翔。这里形容女子步履轻盈。

【三】**孟姜** 姜姓长女。

【四】**洵**(xún) 确实。**都** 闲雅，美。

【五】**将将**(qiāng) 即『锵锵』，玉石相互碰击摩擦发出的声音。

【六】**德音** 美好的品德声誉。

舜

舜，即木槿，又叫做木棉、荆条、朝开暮落花。经过选种，木槿已培育出多个变种，花朵颜色形态各异，因此成为庭园中很常见的灌木花种。中国中部各省原产，各地均有栽培。木槿的种子可入药，称『朝天子』，木槿花本身也可食用，营养价值很高。

《齐风·东方未明》

东方未明，颠倒衣裳【一】。颠之倒之，自公【二】召之。
东方未晞【三】，颠倒裳衣。倒之颠之，自公令之。
折柳樊圃【四】，狂夫【五】瞿瞿【六】。不能辰夜【七】，不夙【八】则莫【九】。

题解 这是一首描写奴隶生活场景的诗，在奴隶主的残酷剥削和压榨下，奴隶们胆战心惊、辛苦劳累，反映出奴隶们内心的痛苦和愤怒。

注释

【一】**衣裳** 古时上衣叫『衣』，下衣叫『裳』。

【二】**公** 公家。本诗是以奴隶的视角写的，公家即奴隶的主家。

【三】**晞**(xī) 指破晓、天刚亮。

【四】**樊** 即『藩』，篱笆。**圃** 菜园。

【五】**狂夫** 指监工。

【六】**瞿瞿**(qú) 瞪视的样子。

【七】**不能辰夜** 指不能掌握时间。辰，假借『晨』，指白天。

【八】**夙** 早。

【九】**莫**(mù) 通『暮』，晚。

柳

柳，是旱柳、腺柳、垂柳的统称。柳树多为灌木或小乔木，枝条长具有韧性，常随风飘摇，非常美丽，因此具有较高的园林观赏价值。木材亦可用于建筑、器具和造纸。中国古代有『折柳送别』的习惯，含有『惜别』之意。

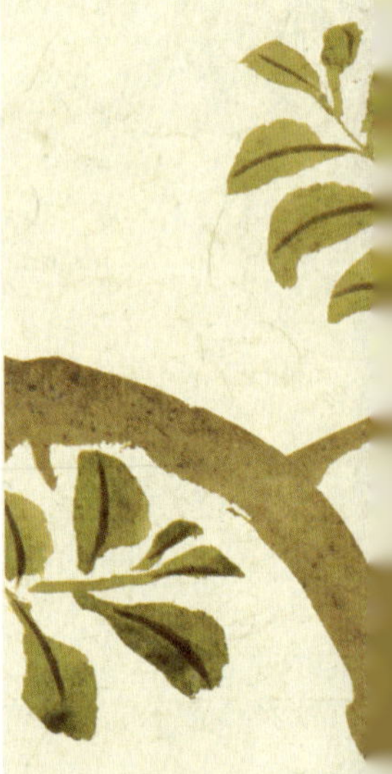

《小雅·南山有台》

南山有台【一】，北山有莱。乐只【二】君子，邦家之基【三】。乐只君子，万寿无期。

南山有桑，北山有杨。乐只君子，邦家之光。乐只君子，万寿无疆。

南山有杞，北山有李。乐只君子，民之父母【四】。乐只君子，德音不已。

南山有栲【五】，北山有杻。乐只君子，遐不眉寿【六】。乐只君子，德音是茂。

南山有枸，北山有楰。乐只君子，遐不黄耇【七】。乐只君子，保艾【八】尔后。

题解 这是一首颂德祝寿的宴饮诗。周代贵族们宴请宾客时常用此诗，表达对宾客健康长寿、福泽子孙的美好祝愿。

注释

【一】**台** 通『薹(tái)』，莎草，又名蓑衣草，可制蓑衣。

【二】**只** 语助词，无义。

【三】**邦家** 国家。**基** 根本。

【四】**父母** 意指其爱民如子，则民众尊之如父母。

【五】**栲**(kǎo) 树名，又叫山樗。下文中的『杻(niǔ)』『枸(jǔ)』『楰(yú)』都是树的名称。

【六】**眉寿** 高寿。

【七】**黄耇**(gǒu) 黄，指黄发。耇，指老。这里也是长寿的意思。

【八】**保艾** 保养。

杻

杻，即檍树，是中国古书上记载的一种树。据说此树叶为白色，似杏两头尖，树皮呈红色，纹理弯曲，木材可以用来做弓弩。学者们推测檍树即为现在的椴树。

《唐风·椒聊》

椒聊之实，蕃衍【一】盈升【二】。彼其之子，硕大【三】无朋。椒聊且【四】，远条【五】且。

椒聊之实，蕃衍盈匊【六】。彼其之子，硕大且笃【七】。椒聊且，远条且。

题解 这是一首赞美男子的诗。诗文以椒喻人，赞美那个高大健壮的男子，并带有原始生殖崇拜的特点。花椒多子，喻人丁兴旺。

注释

【一】**蕃衍** 生长众多。

【二】**盈** 满。**升** 量器名。

【三】**硕大** 指身体高大强壮。

【四】**且**（jū）语末助词。

【五】**远条** 指香气远扬。一说长长的枝条。

【六】**匊**（jū）『掬』的古字，指一捧。也有说法认为匊指两升。

【七】**笃** 忠厚。

椒

椒，即花椒，是芸香科花椒属落叶小乔木。花椒的果皮可做调味料，并可提取芳香油，又可入药，种子可食用，也可加工制作肥皂。花椒用作中药，有温中行气、逐寒、止痛、杀虫等功效。

《陈风·东门之杨》

东门之杨，其叶牂牂【一】。昏【二】以为期【三】，明星煌煌【四】。

东门之杨，其叶肺肺【五】。昏以为期，明星晢晢【六】。

题解 这是一首描写男女相约而久候不至的诗。主人公与恋人相约黄昏时分在东门的杨树下相见，然而等到星辰闪烁之时恋人仍未赴约。表现出主人公焦急、伤感的复杂心情。

注释

【一】**牂牂**(zāng) 风吹树叶的响声。一说枝叶茂盛的样子。

【二】**昏** 黄昏。

【三】**期** 约定的时间。

【四】**煌煌** 明亮的样子。

【五】**肺肺**(pèi) 枝叶茂盛的样子。

【六】**晢晢**(zhé) 明亮的样子。

杨

杨，即杨属的植物，种类繁多，大致可分为五大派：青杨、白杨、黑杨、胡杨、大叶杨，树干通常端直，树皮光滑或纵裂，常为灰白色。杨树木材主要用于生产胶合板、家具、纤维板、刨花板、火柴以及造纸。杨树可广泛用于生态防护林，也可用于道路绿化、园林景观。

《秦风·终南》

终南【一】何有？有条【二】有梅。君子至止【三】，锦衣狐裘。颜如渥丹【四】，其君也哉！

终南何有？有纪【五】有堂【六】。君子至止，黻衣【七】绣裳。佩玉将将【八】，寿考【九】不亡【十】！

题解 这是一首赞美秦国君王的诗。诗歌极力描写了秦君登上终南山顶的容服仪态。

注释

【一】**终南** 即终南山。

【二】**条** 树名，即山楸。

【三】**至止** 到来。止，之。

【四】**渥**（wò）厚重。**丹** 赤石制的红色颜料，今名朱砂。

【五】**纪** 『杞』的假借字。即杞树。

【六】**堂** 『棠』的假借字。指棠梨树。

【七】**黻**（fú）**衣** 黑色青色花纹相间的上衣，为贵族服饰。

【八】**将将**（qiāng） 同『锵锵』，指佩玉碰撞之声。

【九】**寿考** 高寿，长寿。

【十】**亡**（wàng） 通『忘』，忘记。

梅

梅，常为小乔木或稀灌木，原产中国南方，已有三千多年的栽培历史。由于梅花于冬季开放，梅树成为冬季观赏的稀有树种，还可以栽为盆花，制作梅桩。梅花可提取香精，花、叶、根和种仁均可入药。梅树果实酸甜爽口，可生食、盐渍或干制，或熏制成乌梅入药，有止咳、止泻、生津、止渴之效。

《小雅·北山》

陟彼北山，言采其杞。偕偕【一】士子，朝夕从事。王事靡盬【二】，忧我父母【三】。

溥天之下【四】，莫非王土；率土之滨，莫非王臣。大夫不均，我从事独贤【五】。

四牡彭彭，王事傍傍【六】。嘉我未老，鲜【七】我方将。旅力方刚，经营四方。

或燕燕居息【八】，或尽瘁事国；或息偃【九】在床，或不已于行。

或不知叫号，或惨惨劬劳【十】；或栖迟【十一】偃仰，或王事鞅掌【十二】。

或湛【十三】乐饮酒，或惨惨畏咎【十四】；或出入风议【十五】，或靡事不为。

题解 这是一首讽刺政治现状的诗。作者勤勤恳恳为国效力，却有大量的官员尸位素餐，作者为此发出不平之鸣，讽刺国家役使不均。

注释

【一】偕(xié)偕 健壮的样子。

【二】靡(mǐ)盬(gǔ) 无休止。

【三】忧我父母 为父母无人服侍而忧心。

【四】溥(pǔ)天之下 古本作『普』，即普天之下。

【五】贤 多、劳。

【六】傍傍 急急忙忙。

【七】鲜(xiǎn) 少而难得。

【八】燕燕 安闲自得的样子。居息 在家中休息。

【九】息偃 躺着休息。

【十】惨惨 又作『懆懆』，忧虑不安的样子。劬劳 辛勤劳苦。

【十一】栖迟 休息游乐。

【十二】鞅(yāng)掌 事多繁忙、烦劳不堪的样子。

【十三】湛(dān) 同『耽』，沉湎。

【十四】畏咎(jiù) 怕出差错获罪招祸。

【十五】风议 放言高论。

杞

杞，即枸杞。枸杞树形婀娜，叶翠绿，花淡紫，果实鲜红，是很好的盆景观赏植物，嫩叶可作蔬菜食用。枸杞的果实叫做枸杞子，具有非常好的保健功效。

《小雅·南山有台》

南山有台【一】，北山有莱。乐只【二】君子，邦家之基【三】。乐只君子，万寿无期。

南山有桑，北山有杨。乐只君子，邦家之光。乐只君子，万寿无疆。

南山有杞，北山有李。乐只君子，民之父母【四】。乐只君子，德音不已。

南山有栲【五】，北山有杻。乐只君子，遐不眉寿【六】。乐只君子，德音是茂。

南山有枸，北山有楰。乐只君子，遐不黄耇【七】。乐只君子，保艾【八】尔后。

题解 这是一首颂德祝寿的宴饮诗。周代贵族们宴请宾客时常用此诗，表达对宾客健康长寿、福泽子孙的美好祝愿。

注释

【一】**台** 通『薹(tái)』，莎草，又名蓑衣草，可制蓑衣。

【二】**只** 语助词，无义。

【三】**邦家** 国家。**基** 根本。

【四】**父母** 意指其爱民如子，则民众尊之如父母。

【五】**栲**(kǎo) 树名，又叫山樗。下文中的『杻(niǔ)』『枸(jǔ)』『楰(yú)』都是树的名称。

【六】**眉寿** 高寿。

【七】**黄耇**(gǒu) 黄，指黄发。耇，指老。这里也是长寿的意思。

【八】**保艾** 保养。

构

构，即构树，又名构桃树、构乳树、楮实子、沙纸树、谷浆树、假杨梅。构树适应性强，耐旱、耐瘠，生长速度快，常野生或栽于村庄附近的荒地、田园及土沟旁，是良好的饲料。其韧皮纤维是造纸的高级原料，材质洁白，其根和种子均可入药，树液可治皮肤病，经济价值很高。

穀

《小雅·黄鸟》

黄鸟【一】黄鸟，无集【二】于穀，无啄我粟【三】。此邦之人，不我肯谷【四】。言旋【五】言归，复【六】我邦族。

黄鸟黄鸟，无集于桑，无啄我粱。此邦之人，不可与明【七】。言旋言归，复我诸兄【八】。

黄鸟黄鸟，无集于栩，无啄我黍。此邦之人，不可与处。言旋言归，复我诸父【九】。

注释

【一】**黄鸟** 黄莺，喜吃粮食。

【二】**集** 栖息。

【三】**粟** 谷子，去糠叫小米。

【四】**谷** 养育。此句为不肯养育我。

【五】**言** 语助词，无实义。**旋** 通『还』，回归。

【六】**复** 返回，回去。

【七】**明** 『盟』之假借字。这里有信用、结盟之意。

【八】**诸兄** 邦族中诸位同辈。

【九】**诸父** 族中长辈，即伯、叔之总称。

题解 本诗是流落异乡之人的悲痛呐喊。主人公因故流落异乡，却面临人情淡漠，人们对待他就像对待吃粮食的黄雀一样。主人公怀念自己的家乡，不知何时才能回家，写出流落异乡人的痛苦。

榖

榖（gǔ），即楮树，为多年生落叶乔木植物。树皮呈蝉灰色，平滑，枝条粗壮而平展。楮树的内皮层纤维较长而柔软，吸湿性强，在中国是制造桑皮纸的上好原料，远在隋代就大量生产应用。

《小雅·车辖》

间关车之辖【一】兮，思娈季女逝【二】兮。匪饥匪渴，德音来括【三】。虽无好友？式燕【四】且喜。

依【五】彼平林，有集维𫛭。辰【六】彼硕女，令德来教。式燕且誉【七】，好尔无射【八】。

虽无旨酒？式饮庶几。虽无嘉肴？式食庶几。虽无德与女？式歌且舞？

陟彼高冈，析【九】其柞薪。析其柞薪，其叶湑【十】兮。鲜我觏尔【十一】，我心写【十二】兮。

高山仰止，景行行止。四牡𬳿𬳿【十三】，六辔如琴。觏尔新婚，以慰我心。

题解 这是一位新郎在迎娶新娘途中吟唱的诗。在迎娶新娘的路上，新郎驾着迎亲的彩车，憧憬着未来的美好生活，表现出欢快热烈的情绪。

注释

【一】**辖**(xiá) 固定车轮与车轴的铁键。

【二】**娈**(luán) 美好可爱的样子。**季女** 少女。**逝** 往，指出嫁。

【三】**括** 犹『佸』，接合。

【四】**燕** 通『宴』，宴饮。

【五】**依** 茂盛的样子。

【六】**辰** 通『珍』，美好、善。

【七】**誉** 通『豫』，安乐。

【八】**无射**(yì) 不厌。亦可作『无斁』。

【九】**析** 劈开。

【十】**湑**(xǔ) 茂盛。

【十一】**鲜** 善、好、幸好。**觏**(gòu) 遇见。

【十二】**写** 通『泻』，宣泄，指欢悦、舒畅。

【十三】**𬳿**(fēi)**𬳿** 马行不止的样子。

柞

柞(zuò)，即柞树，是对壳斗科栎属植物的一种通称，通常指蒙古栎。树干奇特苍劲，树形优美多姿，枝繁叶茂，耐修剪、易造型，是风景园林、庭院造型景观精品树种。柞木材质坚实，纹理细密，材色棕红，可供做家具农具等用；其叶、皮可供药用。

《大雅·卷阿》

有卷者阿【一】，飘风自南。岂弟【二】君子，来游来歌，以矢【三】其音。

伴奂尔游矣，优游尔休矣。岂弟君子，俾尔弥尔性【四】，似先公酋【五】矣。

尔土宇昄章【六】，亦孔之厚矣。岂弟君子，俾尔弥尔性，百神尔主矣。

尔受命长矣，茀【七】禄尔康矣。岂弟君子，俾尔弥尔性，纯嘏【八】尔常矣。

有冯有翼，有孝有德，以引以翼。岂弟君子，四方为则。

颙颙【九】昂昂，如圭如璋，令闻令望。岂弟君子，四方为纲。

凤凰于飞，翙翙【十】其羽，亦集爰止。蔼蔼【十一】王多吉士，维君子使，媚【十二】于天子。

凤凰于飞，翙翙其羽，亦傅于天。蔼蔼王多吉人，维君子命，媚于庶人。

凤凰鸣矣，于彼高冈。梧桐生矣，于彼朝阳。菶菶【十三】萋萋，雍雍喈喈【十四】。

君子之车，既庶且多。君子之马，既闲且驰。矢诗不多，维以遂歌。

注释

【一】**阿** 大丘陵。

【二】**岂(kǎi)弟(tì)** 即「恺悌」，和乐平易。

【三】**矢** 陈献，此指发出。

【四】此句意为愿周天子长命百岁。

【五】**似** 同「嗣」，继承。**酋** 同「猷」，谋划。

【六】**昄(bǎn)章** 版图。

【七】**茀(fú)** 通「福」。

【八】**纯嘏(gǔ)** 大福禄。

【九】**颙(yōng)颙** 庄重恭敬。

【十】**翙(huì)翙** 鸟展翅振动之声。

【十一】**蔼蔼** 形容众多。

【十二】**媚** 爱戴。

【十三】**菶(běng)菶** 形容梧桐枝叶茂盛的样子。

【十四】**雍(yōng)雍喈(jiē)喈** 凤鸟鸣声和谐。

题解 这是一首对周王的颂诗。应是记颂周天子出游一事，称颂周室版图广大，疆域辽阔，周王恩泽，遍于海内，周王膺受天命，有贤臣能士相助，定能长命百岁。亦包含劝诫之意。

梧桐

梧桐，一种高大的落叶乔木。原产中国和日本，南北各地均有栽培，尤以长江流域为多。现已被引种到欧洲、美洲各地作为观赏树种，多为普通行道树及庭园绿化观赏树。梧桐的种子叫梧桐子，可入药，能清热解毒、顺气和胃。

第三卷

鸟禽

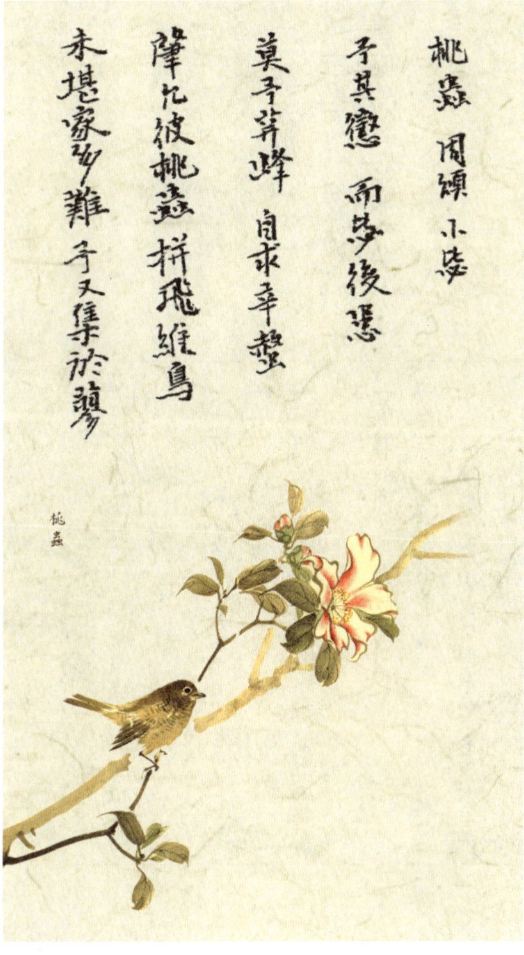
桃蟲 周頌 小毖
予其懲 而毖後患
莫予荓蜂 自求辛螫
肇允彼桃蟲 拚飛維鳥
未堪家多難 予又集於蓼
桃蟲

《周南·关雎》

关关雎鸠【一】，在河之洲【二】。窈窕淑女【三】，君子好逑【四】。参差荇菜，左右流【五】之。窈窕淑女，寤寐【六】求之。求之不得，寤寐思服。悠哉悠哉【七】，辗转反侧。参差荇菜，左右采之。窈窕淑女，琴瑟友【八】之。参差荇菜，左右芼之。窈窕淑女，钟鼓乐【九】之。

题解 这是一首描写男女恋情的诗。一位青年爱上了一位在河边采荇菜的女子，他赞美女子的美丽贤淑，因为思念夜夜辗转难眠。但有情人终成眷属，最终在一片琴瑟和鸣、钟鼓齐乐中，青年迎娶女子回家。

注释

【一】**关关** 象声词，指雎鸠的叫声。

【二】**洲** 水中的高地，即沙滩。

【三】**窈窕** 容貌美好的样子。**淑** 形容品德贤良。

【四】**好**(hǎo)**逑**(qiú) 好的配偶。

【五】**流** 与下文中的『采』『芼(mào)』皆为挑选、摘取之意。描写时而向左、时而向右摘取荇菜的样子。

【六】**寤**(wù)**寐**(mèi) 醒和睡，指日日夜夜。

【七】**悠哉** 指思念绵绵不断。

【八】**友** 亲近。

【九】**乐** 使（淑女）快乐。

雎鸠

关于雎鸠是什么鸟，自古以来有多种说法，有猛禽说、水鸟说等等，其中最主流的说法是鱼鹰。鱼鹰又名鹗，鸟纲，鹗科。体长50～60厘米。鱼鹰是中型猛禽，长相像鹰，头顶有白色长毛，常活动于水库、湖泊、溪流、河川、鱼塘、海边等水域环境，主要以鱼类为食。可以潜水捕食。

《秦风·黄鸟》

交交黄鸟，止于棘。谁从【一】穆公？子车奄息【二】。维此奄息，百夫之特【三】。临其穴，惴惴其慄。彼苍者天，歼我良人！如可赎兮，人百其身【四】！

交交黄鸟，止于桑。谁从穆公？子车仲行。维此仲行，百夫之防【五】。临其穴，惴惴其慄。彼苍者天，歼我良人！如可赎兮，人百其身！

交交黄鸟，止于楚。谁从穆公？子车针虎。维此针虎，百夫之御。临其穴，惴惴其栗。彼苍者天，歼我良人！如可赎兮，人百其身！

题解 这是一首情感复杂的哀悼诗。秦穆公命177人与他死后殉葬，其中就包括秦国的三大贤臣。作者痛惜治国良才的死亡，反对残忍的人殉制度，悲伤、愤怒、惋惜之情跃然纸上。

注释

【一】**从** 从死，即殉葬。

【二】**子车** 复姓。**奄息** 字奄，名息。下文『子车仲行』『子车针虎』同此，这三人是当时秦国有名的贤臣。

【三】**特** 杰出的人才。

【四】**人百其身** （如果可以赎命的话）愿用一百人赎其一命。

【五】**防** 相当。

黄鸟

黄鸟，又名黄雀，是一种雀科鸟类。黄鸟通体鲜黄色，雄鸟头顶与颏处有黑色羽毛，雌鸟头顶与颏上无黑色，而具浓重的灰绿色斑纹。黄鸟羽毛鲜艳，歌声婉转，深受人们喜爱，是有名的观赏鸟之一。

《豳风·东山》

我徂【一】东山，慆慆【二】不归。我来自东，零雨其濛。我东曰归，我心西悲。制彼裳衣，勿士行枚。蜎蜎者蠋【三】，烝【四】在桑野。敦彼独宿，亦在车下。

我徂东山，慆慆不归。我来自东，零雨其濛。果蠃之实，亦施【五】于宇。伊威【六】在室，蟏蛸【七】在户。町畽【八】鹿场，熠耀宵行【九】。不可畏也，伊可怀也。

我徂东山，慆慆不归。我来自东，零雨其濛。鹳鸣于垤【十】，妇叹于室。洒扫穹窒，我征聿【十一】至。有敦瓜苦，烝在栗薪。自我不见，于今三年。

我徂东山，慆慆不归。我来自东，零雨其濛。仓庚于飞，熠耀其羽。之子于归，皇驳其马。亲结其缡【十二】，九十其仪。其新孔嘉，其旧如之何！

题解 这是一首远征的士兵在还乡途中想念家乡的抒情诗。士兵想象自己家乡现在的样子，想象妻子正在思念着他，多年不见，不知她是否像自己一样容颜已老。

注释

【一】**徂**（cú）往，到。

【二】**慆慆**（tāo）长久。

【三】**蜎蜎**（yuān）幼虫蜷曲的样子；一说虫子蠕动的样子。**蠋**（zhú）一种长在桑树上的虫，即野蚕。

【四】**烝**（zhēng）长久。一说发语词。

【五】**施**（yì）蔓延。

【六】**伊威** 土鳖虫，喜欢生活在潮湿的地方。

【七】**蟏蛸**（xiāo）（shāo）一种长脚蜘蛛。

【八】**町畽**（tǐng）（tuǎn）有禽兽践踏痕迹的空地。

【九】**熠耀**（yì）闪闪发光貌。**宵行** 萤火虫。

【十】**垤**（dié）小土丘。

【十一】**聿** 将要。一说语助词。

【十二】**结缡**（lí）将佩巾结在带子上，古代婚仪。

仓庚/鹳

仓庚，即黑枕黄鹂，又名黄莺，是一种中型雀类，广泛分布于亚洲各地。黑枕黄鹂主食昆虫，也吃果实和种子，是农田防虫益鸟。喜树栖，极少在地面活动，常集群生活，叫声悦耳。常被捕捉驯化作观赏笼鸟。

鹳，是对一种大型水鸟科的通称，下属有19个物种。其中中国自古就有的是东方白鹳。东方白鹳是迁徙性候鸟，常栖息于开阔而偏僻的平原、草地和沼泽地带，常成群活动，性情温顺。东方白鹳已经非常稀少，属于国家一级保护动物。

《小雅·车辖》

间关车之辖【一】兮，思娈季女逝【二】兮。匪饥匪渴，德音来括【三】。虽无好友？式燕【四】且喜。

依【五】彼平林，有集维𫛭。辰【六】彼硕女，令德来教。式燕且誉【七】，好尔无射【八】。

虽无旨酒？式饮庶几。虽无嘉肴？式食庶几。虽无德与女？式歌且舞？

陟彼高冈，析【九】其柞薪。析其柞薪，其叶湑【十】兮。鲜我觏尔【十一】，我心写【十二】兮。

高山仰止，景行行止。四牡骓骓【十三】，六辔如琴。觏尔新婚，以慰我心。

题解　这是一位新郎在迎娶新娘途中吟唱的诗。在迎娶新娘的路上，新郎驾着迎亲的彩车，憧憬着未来的美好生活，表现出欢快热烈的情绪。

注释

【一】辖(xiá)　固定车轮与车轴的铁键。

【二】娈(luán)　美好可爱的样子。季女　少女。逝　往，指出嫁。

【三】括　犹『佸』，接合。

【四】燕　通『宴』，宴饮。

【五】依　茂盛的样子。

【六】辰　通『珍』，美好、善。

【七】誉　通『豫』，安乐。

【八】无射(yì)　不厌。亦可作『无斁』。

【九】析　劈开。

【十】湑(xǔ)　茂盛。

【十一】鲜　善、好、幸好。觏(gòu)　遇见。

【十二】写　通『泻』，宣泄，指欢悦、舒畅。

【十三】骓(fēi)骓　马行不止的样子。

鸐

鸐，即白冠长尾雉，又名翟鸟、地鸡、长尾鸡。白冠长尾雉喜在常绿针阔混交林和落叶阔叶乔木林中栖息、隐蔽和觅食，常取食鳞翅目的幼虫、虫卵，对抑制森林虫害起到了重要的作用。同时，其优雅的体形、艳丽独特的羽色，极具观赏价值。白冠长尾雉是中国特有珍禽，属于国家二级保护动物。

《召南·鹊巢》

维鹊有巢【一】，维鸠居【二】之。之子于归【三】，百两【四】御【五】之。

维鹊有巢，维鸠方【六】之。之子于归，百两将【七】之。

维鹊有巢，维鸠盈【八】之。之子于归，百两成【九】之。

题解 这是一首描写婚礼的诗。诗以喜鹊起兴，用鸠占鹊巢来比喻女子嫁进男子家，送亲的队伍有两百辆车之盛，可见这是富有人家的婚礼。

注释

【一】**巢** 喜鹊已筑巢，此处比兴男子已造家室。

【二】**居** 侵占。

【三】**归** 出嫁。

【四】**百** 虚数，指数量多。**两** 同『辆』。

【五】**御**（yà）同『迓』，迎接。一说陪侍。

【六】**方** 并，比，此指占居。

【七】**将**（jiāng）送。一说护卫、保卫。

【八】**盈** 满，此指陪嫁的人很多。

【九】**成** 迎送成礼，此指完成结婚流程。

鹊

鹊，即喜鹊，是非常常见的一种鸟类。喜鹊适应能力强，栖息地多种多样，常出没于人类活动地区，喜欢将巢筑在民宅旁的大树上。喜鹊在中国是吉祥的象征，传说喜鹊出现就是有喜事将要发生。

氓【一】之蚩蚩【二】，抱布贸丝。匪来贸丝，来即我谋【三】。送子涉淇，至于顿丘。匪我愆【四】期，子无良媒。将【五】子无怒，秋以为期。

乘彼垝垣【六】，以望复关。不见复关，泣涕涟涟。既见复关，载笑载言。尔卜尔筮，体无咎【七】言。以尔车来，以我贿【八】迁。

桑之未落，其叶沃若【九】。于嗟鸠兮，无食桑葚！于嗟女兮，无与士耽！士之耽兮，犹可说【十】也。女之耽兮，不可说也。

桑之落矣，其黄而陨【十一】。自我徂【十二】尔，三岁食贫。淇水汤汤，渐车帷裳。女也不爽【十三】，士贰其行。士也罔极，二三其德【十四】。

三岁为妇，靡室劳矣；夙兴夜寐，靡有朝矣。言既遂矣，至于暴矣。兄弟不知，咥【十五】其笑矣。静言思之，躬自悼矣。

及尔偕老，老使我怨。淇则有岸，隰则有泮。总角之宴，言笑晏晏。信誓旦旦，不思其反。反是不思，亦已焉哉！

题解 这是一首弃妇自诉婚姻悲剧的长诗。女主人公以无比沉痛的口气，回忆了与丈夫初识时的甜蜜，以及婚后被丈夫虐待和遗弃的痛苦。

注释

【一】**氓** 男子。

【二】**蚩**(chī)**蚩** 通“嗤嗤”，笑嘻嘻的样子。一说憨厚、老实的样子。

【三】**即** 走近、靠近。**谋** 商量。

【四】**愆**(qiān) 过失，过错，这里指延误。

【五】**将**(qiāng) 愿，请。

【六】**垝**(guǐ)**垣**(yuán) 倒塌的墙壁。

【七】**咎**(jiù) 不吉利，灾祸。

【八】**贿** 财物，指嫁妆。

【九】**沃若** 像水浸润过一样有光泽，以桑叶鲜嫩时指代女子爱情生活初期。

【十】**说** 通“脱”，解脱。

【十一】**陨**(yǔn) 坠落，掉下。这里用黄叶落下比喻女子年老色衰。

【十二】**徂** 往，到。

【十三】**不爽** 没差错。

【十四】**二三其德** 在品行上三心二意前后不一。

【十五】**咥**(xì) 笑的样子。

鸠

鸠，是鸠鸽科部分鸟类的通称，通常是指该科中体型较小而尾长的成员。中国有绿鸠、果鸠、火斑鸠、皇鸠、金鸠、鹃鸠和斑鸠等。大部分为植食性，性情温和，擅长飞行。

《小雅·小宛》

宛【一】彼鸣鸠，翰飞戾天【二】。我心忧伤，念昔先人。明发【三】不寐，有【四】怀二人。

人之齐圣【五】，饮酒温克【六】。彼昏不知【七】，壹醉【八】日富。各敬【九】尔仪，天命不又【十】。

中原有菽，庶民采之。螟蛉有子，蜾蠃负之。教诲尔子，式穀似之。

题【十一】彼脊令，载飞载鸣。我日斯迈，而月斯征。夙兴夜寐，毋忝尔所生【十二】。

交交桑扈，率场啄粟。哀我填【十三】寡，宜岸宜狱。握粟出卜，自何能穀？

温温恭人，如集于木。惴惴小心，如临于谷。战战兢兢，如履薄冰。

题解 这是一首悼诗，同时也是一首劝诫诗。诗人对父母过世感到悲伤，同时不忘告诫自己的兄弟们不要成为耽于享乐的愚昧之人，自己的勤恳养育终有一天会到头，希望兄弟们能早日承担起责任。

注释

【一】**宛** 小的样子。

【二】**翰飞** 高飞。**戾**（lì）至。此句意为飞至云天。

【三】**明发** 天亮。

【四】**有** 同『又』。

【五】**齐圣** 极其聪明有智慧的人。

【六】**温克** 善于克制自己以保持温和、恭敬的仪态。

【七】**昏** 愚昧。**不知** 无知的人。

【八】**壹醉** 每饮必醉。

【九】**敬** 通『儆』，警戒，戒慎。

【十】**又** 通『佑』，保佑。

【十一】**题**（dì）通『睇』，看。

【十二】**忝**（tiǎn）辱没。**所生** 指父母。

【十三】**填** 通『瘨（diān）』，病。

鸣鸠

鸣鸠，即斑鸠，是一种形似鸽子的鸟类，身体呈灰色杂，有其他颜色的羽毛。常栖息在山地、山麓或平原的林区，主要在林缘、耕地及其附近集数只小群活动。

《召南·行露》

厌浥【一】行露【二】，岂不夙夜？谓行多露。

谁谓雀无角【三】？何以穿【四】我屋？谁谓女【五】无家？何以速【六】我狱？虽速我狱，室家【七】不足！

谁谓鼠无牙？何以穿我墉【八】？谁谓女无家？何以速我讼？虽速我讼，亦不女从【九】！

题解 这是一首女子拒绝与以官威逼迫自己成亲的诗。诗以女子的口吻，抒发了她对恶人的憎恶，以及维护自己人格尊严的决心。

注释

【一】厌浥(yàn yì) 水盛多，潮湿的样子。

【二】行(háng)露 道路上的露水。

【三】角(jiǎo) 鸟喙。

【四】穿 穿破，穿透。

【五】女 同汝，你。

【六】速 招，致。

【七】室家 夫妻，此处指结婚。

【八】墉(yōng) 墙。

【九】女(rǔ)从 听从你。

雀

雀，即麻雀，是麻雀属27种小型鸟类的统称。它们的大小、体色甚相近。一般上体呈棕、黑色的斑杂状，因而俗称麻雀。麻雀分布广泛，数量众多，喜欢出没在人类居住的地方。

《邶风·燕燕》

燕燕【一】于飞，差池【二】其羽。之子于归，远送于野。瞻望弗及，泣涕如雨。

燕燕于飞，颉之颃之【三】。之子于归，远于将【四】之。瞻望弗及，伫立以泣。

燕燕于飞，下上其音。之子于归，远送于南。瞻望弗及，实劳我心。

仲氏【五】任只，其心塞【六】渊。终温且惠【七】，淑慎其身。先君之思，以勖【八】寡人。

题解 这是一首送别诗。卫庄姜于卫桓公死后送桓公之母归于陈地，语言沉痛哀婉。

注释

【一】**燕燕** 即燕子。

【二】**差池**(cī chí) 即参差。

【三】**颉**(xié) 向上飞。**颃**(háng) 向下飞。

【四】**将**(jiāng) 送。

【五】**仲氏** 仲，指兄弟或姐妹中排行第二者。氏，说明是女性。

【六】**塞**(sè) 诚实。

【七】**终温且惠** 温和而又和顺。『终……且……』即『既……又……』。

【八】**勖**(xù) 勉励。

燕

燕，即燕子，别名玄鸟、拙燕、观音燕等。燕子身材娇小，羽毛黑色带有金属光泽，尾巴呈剪刀状，是一种常见鸟类，会在屋檐、楼道、房顶处筑巢。

《邶风·雄雉》

雄雉于飞，泄泄【一】其羽。我之怀【二】矣，自诒【三】伊阻【四】。

雄雉于飞，下上其音【五】。展矣君子，实劳我心。

瞻彼日月，悠悠我思。道之云远，曷云能来？

百【六】尔君子，不知德行？不忮【七】不求，何用不臧【八】？

题解 这是一首女子思念远征的丈夫的感怀诗。女主人公思念丈夫的忧愁心情不能排解，她指责那些贵族，是他们的贪欲造成了夫妻分离的悲剧。

注释

【一】**泄(yì)泄** 鼓翅飞翔的样子。

【二】**怀** 因思念而感到忧伤。

【三】**诒(yí)** 通『贻』，遗留，给。

【四】**阻** 忧愁，苦恼。一说阻隔。

【五】**下上其音** 叫声随飞翔而忽上忽下。

【六】**百** 凡是，所有。

【七】**忮(zhì)** 忌恨，害也。或以为『希求』。

【八】**不臧(zāng)** 不善，不好。

雉

雉，即雉鸡，俗称野鸡、山鸡、七彩锦鸡。传说汉代吕太后名雉，为了避讳，汉高祖下令将雉鸡改为野鸡。雉鸡体型像家养鸡，但羽毛颜色缤纷，有很长的尾羽，属杂食性动物。

《小雅·鸿雁》

鸿雁于飞，肃肃【一】其羽。之子于征，劬劳【二】于野。
爰及矜人【三】，哀此鳏寡【四】。
鸿雁于飞，集于中泽。之子于垣【五】，百堵皆作【六】。
虽则劬劳，其究安宅？
鸿雁于飞，哀鸣嗷嗷【七】。维此哲人【八】，谓我劬劳。
维彼愚人，谓我宣骄【九】。

题解 这是一首流民感叹悲苦的抒情诗。作者以远离家乡的鸿雁自比，居无定所、四处奔走，表达了内心的悲伤与怨恨。

注释

【一】**肃肃** 鸟飞时扇动翅膀的声音。
【二】**劬**(qú)**劳** 勤劳辛苦。
【三】**矜**(jīn)**人** 穷苦的人。
【四】**鳏**(guān) 老而无妻者。**寡** 老而无夫者。
【五】**于垣** 筑墙。
【六】**作** 筑起。
【七】**嗷嗷** 鸿雁的哀鸣声。
【八】**哲人** 通情达理的人。
【九】**宣骄** 娇气。

雁

雁，即大雁，又叫野鹅，是雁属鸟类的通称，中国常见的有鸿雁、灰雁、豆雁、白额雁等。雁在鸟类中体型庞大，飞行能力强，性情勇敢，是需要长途迁徙的候鸟。古人认为大雁是有灵性的生物，古时还有以大雁为婚姻赠礼的习俗。

《邶风·旄丘》

旄丘【一】之葛兮，何诞【二】之节兮！叔兮伯兮【三】，何多日【四】也？

何其处【五】也？必有与【六】也！何其久也？必有以也！

狐裘蒙戎【七】，匪车不东。叔兮伯兮，靡所与【八】同。

琐兮尾【九】兮，流离之子。叔兮伯兮，褎【十】如充耳。

题解 这是一首批评卫国君臣不救黎侯的诗。大致是写流亡到卫国的人，请求卫国的统治者救助，但他们充耳不闻，因而感到非常失望。

注释

【一】**旄(máo)丘** 卫国地名，在今河南濮阳西南。一说指前高后低的土山。

【二】**诞(yán)** 通『延』，延长。

【三】**叔、伯** 本为兄弟间的排行，此处指高层统治者君臣。

【四】**多日** 指拖延时日。

【五】**处** 安居，留居。

【六】**与** 盟国；一说同『以』，原因。

【七】**蒙戎** 毛蓬松的样子。

【八】**所与** 与自己同处的人。

【九】**琐** 细小。**尾** 通『微』，低微，卑下。

【十】**褎(yòu)** 盛服。褎如充耳，充耳不闻的意思。

流离

流离，即枭，俗称猫头鹰，是对枭形目动物的统称。中国常见的种类有红角鸮、雕枭、鸺鹠、长耳枭和短耳枭。枭常在黄昏和夜间活动，主食鼠类，有时也捕食小鸟或大型昆虫。它们飞行时安静无声，鸣叫声凄厉恐怖，因此被古人视作不祥之鸟。

《郑风·女曰鸡鸣》

女曰鸡鸣【一】，士曰昧旦。子兴视夜【二】，明星有烂【三】。将翱将翔，弋【四】凫与雁。

弋言加【五】之，与子宜【六】之。宜言饮酒，与子偕老。琴瑟在御【七】，莫不静好。

知子之来【八】之，杂佩以赠之。知子之顺之，杂佩以问之。知子之好之，杂佩以报之。

题解 这是一首赞美青年夫妇和睦生活的诗。诗人从一个早晨开始写起，体现了青年夫妇诚笃的感情和对未来的美好期许。

注释

【一】**鸡鸣** 指天明之前。下文中的『昧旦』同义。

【二】**兴** 起。**视夜** 察看夜色。

【三】**有烂** 即『烂烂』，明亮的样子。

【四】**弋**（yì）用生丝做绳，系在箭上射鸟。

【五】**加** 射中。

【六】**宜** 用适当的方法烹调菜肴。

【七】**御** 用。此处是弹奏的意思。

【八】**来**（lài）借为『赉』，慰劳，关怀。

凫

凫，即野鸭。野鸭是多种野生鸭类的统称，狭义的野鸭指绿头鸭，是最常见的大型野鸭，也是除番鸭以外的所有家鸭的祖先，是开展人工驯养的主要对象。野鸭肉、蛋可食，绒毛可用作保暖材料。

《秦风·晨风》

鴥【一】彼晨风，郁【二】彼北林。未见君子，忧心钦钦【三】。如何如何，忘我实多！

山有苞【四】栎，隰【五】有六驳。未见君子，忧心靡乐。如何如何，忘我实多！

山有苞棣，隰有树檖【六】。未见君子，忧心如醉。如何如何，忘我实多！

题解 这是一首女子思念恋人的诗。女主人公痴痴地等待着自己的恋人归来，却不住地想，这个人可能早就把她忘记了。

注释

【一】**鴥**（yù）形容鸟疾飞的样子。

【二】**郁** 郁郁葱葱。

【三】**钦钦** 忧思难忘的样子。

【四】**苞** 丛生的样子。

【五】**隰** 地势低的湿地。

【六】**树** 形容檖树直立的样子。

【七】**檖** 树名，即山梨。

晨风

晨风，古时又称鹯(zhān)鸟，是一种类似鹞鹰的猛禽。现今学者认为指燕隼，燕隼的上体深蓝褐色，下体白色，具暗色条纹，腿羽淡红色，在中国各地都有分布。捕食小鸟和大型昆虫。是国家二级保护动物。

《豳风·鸱鸮》

鸱鸮鸱鸮，既取我子【一】，无毁我室【二】。恩斯勤斯，鬻子之闵斯【三】。迨【四】天之未阴雨，彻【五】彼桑土，绸缪牖户【六】。今女下民，或敢侮予？

予手拮据【七】，予所捋荼。予所蓄租，予口卒瘏【八】，曰予未有室家。

予羽谯谯【九】，予尾翛翛【十】，予室翘翘【十一】。风雨所漂摇，予维音哓哓【十二】！

题解 这是一篇动物寓言诗。诗中描写母鸟在鸱鸮抓去它的幼鸟之后，为了防御外来的再次侵害，辛辛苦苦地修筑巢穴，疲惫不堪，体现出了母爱之伟大，同时也表达了下层人民受欺凌、受压迫的不尽痛苦与愤怒。

注释

【一】**子** 指幼鸟。

【二】**室** 鸟窝。

【三】**鬻**(yù) 育。**闵** 忧苦。

【四】**迨**(dài) 及，趁着。

【五】**彻** 通『撤』，剥取。

【六】**绸缪**(móu) 缠绕。**牖**(yǒu) 窗。

【七】**拮**(jié)**据**(jū) 手病，此指鸟脚爪因劳累伸展不灵活。

【八】**卒瘏**(cuì tú) 患病。卒通『悴』。

【九】**谯谯**(qiáo) 羽毛稀疏的样子。

【十】**翛翛**(xiāo) 羽毛残破的样子。

【十一】**翘翘**(qiáo) 危险而不稳的样子。

【十二】**哓哓**(xiāo) 惊恐的叫声。

鸱鸮

鸱鸮也就是枭，鸮与枭所指相同，也就是猫头鹰。猫头鹰大多捕食田鼠，但也有部分体型较大的会捕食小鸟，比如鹰鸮。猫头鹰为夜行猛禽，生性凶猛，为人们所恐惧，但它们是保护良田的益鸟。

《陈风·宛丘》

子之汤【一】兮，宛丘【二】之上兮。洵有情【三】兮，而无望【四】兮。

坎其【五】击鼓，宛丘之下。无冬无夏，值【六】其鹭羽。

坎其击缶，宛丘之道。无冬无夏，值其鹭翿【七】。

题解 这是一首描述一名男子爱上一位女巫的情诗。男子看到女巫翩然起舞，流露出爱慕之情。他虽然爱女巫，却不敢表露自己的情意。

注释

【一】**子** 你，这里指女巫。**汤**(dàng) 『荡』之借字。这里是舞动的样子。

【二】**宛丘** 四周高中间平坦的土山。一说陈国地名。

【三】**洵** 确实，实在是。**有情** 尽情欢乐。

【四】**望** 奢望。

【五】**坎其** 即『坎坎』，击鼓声。

【六】**值** 持或戴。

【七】**鹭翿**(dào) 用鹭羽制作的伞形舞蹈道具。

鹭

鹭，即鹭鸶，鸟纲，鹭科部分种类的通称。拥有许多亚科。体一般高大而瘦削，喙强直而尖。主要活动于湿地及林地附近，常在水中行走捕食鱼虾。

七月流火【一】，九月授衣【二】。一之日觱发【三】，
二之日栗烈【四】。无衣无褐，何以卒岁。三之日于耜，
四之日举趾【五】。同我妇子，馌彼南亩，田畯至喜。

七月流火，九月授衣。春日载阳，有鸣仓庚【六】。女
执懿【七】筐，遵彼微行，爰【八】求柔桑。春日迟迟，
采蘩祁祁。女心伤悲，殆及公子同归【九】。

七月流火，八月萑苇。蚕月条桑，取彼斧斨【十】，以
伐远扬，猗彼女桑。七月鸣鵙【十一】，八月载绩。载
玄载黄，我朱孔阳，为公子裳。

四月秀葽，五月鸣蜩。八月其获，十月陨萚【十二】。
一之日于貉，取彼狐狸，为公子裘。二之日其同，载缵
【十三】武功，言私其豵【十四】，献豜【十五】于公。

五月斯螽动股，六月莎鸡振羽，七月在野，八月在宇，
九月在户，十月蟋蟀入我床下。穹窒熏鼠，塞向墐【十六】
户。嗟我妇子，曰为改岁，入此室处。

六月食郁及薁，七月亨葵及菽，八月剥枣，十月获稻，
为此春酒，以介眉寿。七月食瓜，八月断壶，九月叔苴，
采荼薪樗，食我农夫。

九月筑场圃，十月纳禾稼。黍稷重穋，禾麻菽麦。嗟我农夫，
我稼既同，上入执宫功。昼尔于茅，宵尔索绹【十七】。
亟其乘屋，其始播百谷。

二之日凿冰冲冲【十八】，三之日纳于凌阴。四之日其
蚤【十九】，献羔祭韭。九月肃霜，十月涤场。朋酒斯飨，
曰杀羔羊。跻彼公堂，称彼兕觥，万寿无疆。

【一】**七月流火** 『火』，星名，夏历五月以后逐渐向西偏移，天气逐渐转凉。

【二】**授衣** 将裁制冬衣的工作交给女工。

【三】**一之日** 夏历十一月。以下二之日、三之日仿此。为周历纪日法。**觱**(bì)**发**(bō) 大风触物声。

【四】**栗烈** 或作『凛冽』，形容气候寒冷。

【五】**举趾** 『趾』，脚，意为去耕田。

【六】**仓庚** 鸟名，就是黄莺。

【七】**懿**(yì) 深。

【八】**爰**(yuán) 语词，犹『曰』。

【九】**殆及公子同归** 是说怕被国君之子强迫带回家去。一说指怕被女公子带去陪嫁。

【十】**斨**(qiāng) 方孔的斧头。

【十一】**鵙**(jú) 鸟名，即伯劳。

【十二】**陨萚**(tuò) 落叶。

【十三】**缵**(zuǎn) 继续。

【十四】**豵**(zōng) 一岁的小猪，代表比较小的兽。

【十五】**豜**(jiān) 三岁的猪，代表大兽。

【十六】**墐** 用泥涂抹。贫家门扇用柴竹编成，涂泥使它不通风。

【十七】**索** 动词，指制绳。**绹**(táo) 绳。

【十八】**冲冲** 古读如『沉沉』，凿冰之声。

【十九】**蚤** 读为『爪』，取。这句是说取冰。

题解 这是一首关于农业生产和农民生活的叙事抒情诗。诗中举例描写了一年四季农民各种各样的生产活动，他们不停歇地进行高强度的劳动，丰收的成果却大都上交给王公贵族，体现出农民的心酸和悲苦。

䴗

䴗，即伯劳，俗称胡不拉。伯劳是一种中型鸟类，但是生性凶猛，善掠食。伯劳能用喙啄死大型昆虫、蜥蜴、鼠和小鸟。然后会将吃不完的猎物穿挂在荆刺上，就像是人类将肉挂在肉钩上，所以又名屠夫鸟。

《小雅·常棣》

常棣之华，鄂不韡韡【一】。凡今之人，莫如兄弟。

死丧之威【二】，兄弟孔怀【三】。原隰裒【四】矣，兄弟求矣。

脊令在原，兄弟急难。每【五】有良朋，况【六】也永叹。

兄弟阋【七】于墙【八】，外御其务【九】。每有良朋，烝也无戎【十】。

丧乱既平，既安且宁。虽有兄弟，不如友生？

傧尔笾豆【十一】，饮酒之饫【十二】。兄弟既具，和乐且孺【十三】。

妻子好合，如鼓瑟琴。兄弟既翕【十四】，和乐且湛【十五】。

宜尔室家，乐尔妻帑【十六】。是究是图，亶【十七】其然乎？

题解 这是一首劝勉兄弟至亲应相互友爱的诗。由于古代先民依靠的是部落氏族，所以比起朋友与妻子儿女，他们更加重视兄弟情谊。

注释

【一】**鄂** 通『萼』，花萼。**不** 『丕』的借字。**韡韡**(wěi) 鲜明茂盛的样子。

【二】**威** 畏惧，可怕。

【三】**孔怀** 很思念、关怀。

【四】**裒**(póu) 聚集，聚土成坟。

【五】**每** 虽然。

【六】**况** 增加。

【七】**阋**(xì) 争吵。

【八】**墙** 墙内，指家庭之中。

【九】**务**(wǔ) 通『侮』，侮辱、欺侮。

【十】**烝**(zhēng) 长久。**戎** 帮助。

【十一】**傧**(bīn) 陈列。**笾、豆** 祭祀或宴会时用来盛食物的器具。笾用竹制，豆用木制。

【十二】**饫**(yù) 酒足饭饱。

【十三】**孺** 相亲。

【十四】**翕**(xī) 聚合，和好。

【十五】**湛**(dān) 喜乐。

【十六】**帑**(nú) 通『孥』，儿女。

【十七】**亶**(dǎn) 信，确实。

脊令

脊令，即鹡鸰，是鸟纲鹡鸰科鹡鸰属各种候鸟的通称，因为毛色酷似张飞的脸谱，俗称张飞鸟。鹡鸰是一种体型小巧的鸟类，一般栖息于海拔400～2000米的山区、河谷、池畔等环境，常在草地、水边行走啄食昆虫。

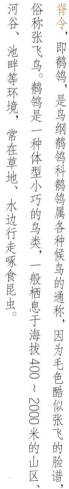

秩秩【一】斯干【二】，幽幽南山。如竹苞【三】矣，如松茂矣。兄及弟矣，式相好矣，无相犹【四】矣。似续妣祖【五】，筑室百堵，西南其户。爰居爰处，爰笑爰语。

约之阁阁【六】，椓之橐橐【七】。风雨攸【八】除，鸟鼠攸去，君子攸芋【九】。

如跂斯翼【十】，如矢斯棘【十一】，如鸟斯革，如翚【十二】斯飞，君子攸跻【十三】。

殖殖【十四】其庭，有觉其楹。哙哙【十五】其正，哕哕其冥，君子攸宁。

下莞上簟，乃安斯寝。乃寝乃兴，乃占我梦。吉梦维何？维熊维罴【十六】，维虺【十七】维蛇。

大人【十八】占之：维熊维罴，男子之祥；维虺维蛇，女子之祥。

乃生男子，载寝之床。载衣之裳，载弄之璋。其泣喤喤【十九】，朱芾【二十】斯皇，室家君王。

乃生女子，载寝之地。载衣之裼【二十一】，载弄之瓦。无非无仪，唯酒食是议，无父母诒罹。

题解 这是一首祝贺周王宫室落成的歌辞。从宫室的宏伟外形写到华丽的内饰，再写主人生儿育女、富贵至极，享受天伦之乐，充满赞美之情。

注释

【一】**秩秩** 形容山涧水清流淌的样子。

【二】**干** 通『涧』，山间流水。

【三】**苞** 植物丛生的样子。

【四】**犹** 通『尤』，欺诈。

【五】**似** 通『嗣』，继承。**妣**(bǐ)**祖** 女性和男性先祖。

【六】**约** 用绳索捆扎。**阁阁** 捆扎的声音。

【七】**椓**(zhuó) 用杵捣土、打夯。**橐**(tuó)**橐** 捣土的声音。

【八】**攸** 乃、于是就。

【九】**芋** 鲁诗作『宇』屋宇。这里有居住的意思。

【十】**跂**(qǐ) 踮起脚跟。**翼** 端庄肃敬的样子。

【十一】**棘** 通『急』。一说指棱角。

【十二】**翚**(huī) 锦鸡。

【十三】**跻**(jī) 登。

【十四】**殖殖** 平正的样子。

【十五】**哙**(kuài)**哙** 同『快快』。宽敞明亮的样子。**哕**(huì)**哕** 昏暗的样子。

【十六】**罴**(pí) 一种野兽，似熊而大。

【十七】**虺**(huǐ) 一种毒蛇，颈细头大，身有花纹。

【十八】**大人** 即太卜，周代掌占卜的官员。

【十九】**喤**(huáng)**喤** 哭声很大的样子。

【二十】**朱芾**(fú) 用熟制的兽皮所做的红色蔽膝，为天子所服。

【二十一】**裼**(tì) 婴儿用的褓衣。

翚

翚，即锦鸡，是白腹锦鸡、红腹锦鸡的统称。锦鸡羽毛色泽艳丽，雄鸟有长尾羽，有很高的观赏价值。锦鸡无法飞行，大部分栖息于海拔 2000 ~ 4000 米的山地，活动于多岩的荒芜山地、荆棘灌木丛及矮竹间。目前为国家二级保护动物。

桑扈

《小雅·桑扈》

交交【一】桑扈，有莺【二】其羽。君子乐胥，受天之祜【三】。

交交桑扈，有莺其领【四】。君子乐胥，万邦之屏。

之屏之翰【五】，百辟【六】为宪。不戢不难【七】，受福不那【八】。

兕觥其觩【九】，旨酒思柔【十】。彼交匪敖【十一】，万福来求。

题解　这是一首天子宴请诸侯时咏的诗。诗中歌颂了某个诸侯的德行，认为他是国家的支柱，并为各国诸侯榜样。

注释

【一】**交交**　鸟鸣声。

【二】**莺**　彩色花纹。

【三】**祜**　福禄。

【四】**领**　鸟颈。此句言颈羽之美。

【五】**之**　是。**翰**　『榦』的假借，筑墙时两侧挡板。

【六】**百辟**　各国诸侯。

【七】**不**　通『丕』，甚，下同。**戢**　和。**难**（nuó）　读如『戁』，敬也。

【八】**不那**（nuó）　很多。不，语气助词。

【九】**兕**（sì）**觥**（gōng）　牛角酒杯。**觩**（qiú）　弯曲的样子。

【十】**柔**　指酒性温和。

【十一】**交**　侮慢。**敖**　通『傲』，倨傲，傲慢。

桑扈

桑扈，又名青雀，指的是蜡嘴雀。蜡嘴雀是一种中型鸟，有多种颜色，且雌雄异形异色。蜡嘴雀聪慧易驯化，是中国传统的家庭观赏和调教技艺鸟之一，很有赏玩价值。

鸳鸯

《小雅·鸳鸯》

鸳鸯于飞，毕之罗之【一】。君子万年，福禄宜之。
鸳鸯在梁【二】，戢【三】其左翼。君子万年，宜其遐【四】福。
乘马在厩，摧之秣之【五】。君子万年，福禄艾【六】之。
乘马在厩，秣之摧之。君子万年，福禄绥【七】之。

题解 这是一首结婚的贺诗。诗人通过鸳鸯起兴，祝福新婚夫妻感情长久、一生幸福。

注释

【一】**毕、罗** 都是捕鸟用的网，毕为长柄的，罗为无柄的，这里作动词。

【二】**梁** 筑在水中拦鱼的石坝，即鱼梁。

【三】**戢**(jí) 插。这里是说鸳鸯栖息时将喙插在左翅下。

【四】**遐**(xiá) 长远。

【五】**摧**(cuò) 通『莝』，铡草喂马。**秣**(mò) 用粮食喂马。

【六】**艾** 养。一说意为辅助。

【七】**绥**(suí) 安。

鸳鸯

鸳鸯，又名中国官鸭、匹鸟、邓木鸟等。鸳鸯是合成词，鸳指雄鸟，鸯指雌鸟。鸳鸯是一种鸭类，头上有艳丽冠羽，长相奇特又美丽。鸳鸯常成双成对地出没于水塘、湖泊之中，因此被视作爱情的象征。

鹥

《大雅·凫鹥》

凫鹥在泾【一】，公尸【二】来燕来宁。尔【三】酒既清，尔肴既馨。公尸燕饮，福禄来成。

凫鹥在沙，公尸来燕来宜。尔酒既多，尔肴既嘉。公尸燕饮，福禄来为【四】。

凫鹥在渚，公尸来燕来处。尔酒既湑【五】，尔肴伊脯【六】。公尸燕饮，福禄来下。

凫鹥在潨【七】，公尸来燕来宗【八】，既燕于宗，福禄攸降。公尸燕饮，福禄来崇。

凫鹥在亹【九】，公尸来止熏熏【十】。旨酒欣欣，燔炙【十一】芬芬。公尸燕饮，无有后艰【十二】。

题解 这是周王绎祭祝后酬谢公尸时所唱的诗歌。诗中主要用酒肴的香馨丰盛来表现主人宴请的诚意，公尸则以和悦欢饮及助神降福作为回报。

注释

【一】**泾** 径直前流之水。

【二】**公尸** 指古代天子祭祀时代被祭者的神灵而受祭的活人。

【三】**尔** 指主祭者，即周王。

【四】**为** 帮助。

【五】**湑**（xū）指酒过滤去滓。

【六】**脯**（fǔ）肉干。

【七】**潨**（cóng）港汊，水流汇合之处。

【八】**宗** 宗庙，一说为尊敬。

【九】**亹**（mén）峡中两岸对峙如门的地方。

【十】**熏熏** 同『薰薰』，香味四溢。一说为酒醉貌

【十一】**燔**（fán）**炙** 指烧烤肉。

【十二】**艰** 灾难，不幸。

鹥

鹥（yī），即鸥，鸟纲，鸥科各种类的统称。有时专指鸥属各种。概为水鸟。体型有大小差别。翼尖长，善于飞翔，趾间具蹼，能游水。体羽多灰、白色。主食鱼类、昆虫和多种水生动物，种类繁多，广布于全球海洋和内陆河川。

《周颂·小毖》

予其惩【一】，而毖【二】后患。
莫予荓蜂【三】，自求辛螫【四】。
肇允【五】彼桃虫，拚飞【六】维鸟。
未堪家多难，予又集于蓼【七】。

题解 这是一首周成王用以自我规诫的诗。以小桃虫会变成大鸟喻指小事不注意就会酿成大祸，以喻管蔡之乱、武庚之祸由小变大。

注释

【一】**惩** 警戒。
【二】**毖** 谨慎。
【三】**荓**(píng)**蜂** 蜇人的小蜂。
【四】**螫**(shì) 蜂伤人。或以为辛苦。
【五】**肇** 始。**允** 信。
【六】**拚飞** 鸟飞动的样子，翻飞。
【七】**蓼**(liǎo) 草本植物，其味苦辣，古人常以之喻辛苦。此句喻自己又陷入困境。

桃虫

桃虫，即鹪鹩。鹪鹩是一种小型鸣禽，下属有许多种和亚种。常于夏时生活在中、高山的潮湿密林和灌木丛中，冬时迁至低山区和平原地带的密林中做巢。鹪鹩捕食蜘蛛等昆虫，广泛分布于世界各地，然而数量稀少，已被列入世界濒危物种红色名录。

第四卷

走兽

麕尨　召南　野有死麕
野有死麕　白茅包之
有女懷春　起誘之
林有樸樕　野有死鹿
白茅純束　有女如玉
舒而脫脫兮　無感我帨兮
無使尨也吠

尨

《召南·野有死麕》

野有死麕，白茅包之。有女怀春【一】，吉士【二】诱之。

林有朴樕【三】，野有死鹿。白茅纯束【四】，有女如玉。

舒而脱脱【五】兮！无感【六】我帨【七】兮！无使龙也吠！

题解 这是一首优美的爱情诗，反映了先民淳朴的爱情。

注释

【一】**怀春** 思春，男女情欲萌动。

【二】**吉士** 男子的美称。

【三】**朴樕**(sù) 小木，灌木。

【四】**纯束** 捆扎，包裹。

【五】**舒** 舒缓。**脱脱**(tuì) 动作文雅舒缓。

【六】**感**(hàn) 通『撼』，动摇。

【七】**帨**(shuì) 佩巾，围腰，围裙。

麇／尨

麇(jūn)，即獐，又名土麝、香獐。獐是一种小型鹿科动物，长相和鹿相近，头上无角。獐生性胆子小，感觉灵敏，善于隐藏，也善游泳，人难以近身，是植食性动物，目前属于国家二级保护动物。

尨(máng)，指多毛的狗。狗是人类最早驯化的家畜之一，作为工作、陪伴的伙伴已经有很久的历史了。中国本土犬类有作为贵族宠物的京巴犬、西施犬，作为狩猎犬的中华细犬、松狮犬，以及作为护卫犬的藏獒、中华田园犬等。

《小雅·何草不黄》

何草不黄？何日不行【一】？何人不将【二】？经营四方。

何草不玄【三】？何人不矜【四】？哀我征夫，独为匪民【五】。

匪兕匪虎，率【六】彼旷野。哀我征夫，朝夕不暇。

有芃【七】者狐，率彼幽草。有栈【八】之车，行彼周道。

题解 这是一首征夫表达哀怨的诗。征夫们被迫远离家乡，生活艰险辛劳，表达了对遭受非人待遇的抗议。

注释

【一】**行** 出行。此指行军、出征。

【二】**将** 出征。

【三】**玄** 黑，这里是说草枯萎腐烂变黑。

【四】**矜**（guān） 通『鳏』，无妻者。这里是说征夫服役远离妻子，相当于无妻。

【五】**匪民** 不是人。

【六】**率** 循，沿着。

【七】**有芃**（péng） 即芃芃，毛茸茸的样子。

【八】**有栈** 即栈栈，役车高高的样子。

兕

兕（sì）是传说中的动物，长相如独角的牛，据考证应为犀牛。犀牛生活在开阔的草地、稀树草原、灌木林或沼泽地，是食草动物，但被惊动后非常凶猛。古人使用犀牛的角制作器皿，而现在犀牛属于世界濒危物种，严禁猎杀。

鹿

《曹风·下泉》

洌彼下泉【一】，浸彼苞稂【二】。忾【三】我寤叹，念彼周京【四】。

洌彼下泉，浸彼苞萧。忾我寤叹，念彼京周。

洌彼下泉，浸彼苞蓍。忾我寤叹，念彼京师。

芃芃【五】黍苗，阴雨膏之。四国有王，郇伯【六】劳之。

题解 这是曹国人怀念东周王室、赞许荀跞平定叛乱的诗歌。周王室衰微，各诸侯国以强凌弱，因而人们怀念周初比较安定的社会局面。而今荀跞平乱，国家趋于安定，人们感恩戴德。

注释

【一】**下泉** 地下涌出的泉水。

【二】**苞** 丛生。**稂** 一种莠一类的野草。

【三】**忾** 叹息。

【四】**周京** 周朝的京都，天子所居，下文『京周』『京师』同。

【五】**芃芃** 茂盛茁壮、美丽的样子。

【六】**郇(xún)伯** 晋大夫荀跞。

鹿

鹿，是鹿科动物的统称，体型大小不等，为有角的反刍类动物，分布于世界各地。鹿角可以入药，使用幼年的梅花鹿或马鹿未骨化的幼角做药，被称作鹿茸，是极其名贵的中药材。鹿科动物有许多已被列入国家濒危动物名录，严禁捕猎。

豝

《小雅·吉日》

吉日【一】维戊，既伯既祷【二】。田车【三】既好，四牡孔阜【四】。升彼大阜【五】，从其群丑【六】。

吉日庚午，既差【七】我马。兽之所同，麀鹿麌麌【八】。漆沮之从，天子之所。

瞻彼中原，其祁孔有。儦儦俟俟【九】，或群或友。悉率左右，以燕天子。

既张我弓，既挟我矢。发彼小豝，殪【十】此大兕。以御【十一】宾客，且以酌醴【十二】。

题解 这是一首写周宣王打猎并宴会宾客的诗。诗中非常详细地描写了周宣王田猎时选择吉日祭祀马祖、野外田猎、满载而归、宴饮群臣的整个过程。

注释

【一】**吉日** 吉利的好日子。

【二】**伯** 指马祖。**祷** 告祭求福。因田猎用马，故祭马祖。

【三】**田车** 猎车。田，同“畋(tián)”，打猎。

【四】**孔** 很。**阜** 强壮高大。

【五】**阜** 山冈。

【六】**从** 追逐。**群丑** 这里指兽群。

【七】**差**(chāi) 选择。

【八】**麀**(yōu) 母鹿，这里泛指母兽。**麌**(yǔ)**麌** 兽众多的样子。

【九】**儦**(biāo)**儦** 疾走貌。**俟**(sì)**俟** 缓行等待的样子。

【十】**殪**(yì) 射死。

【十一】**御** 进，指将猪牛烹熟进献给宾客。

【十二】**酌醴**(lǐ) 酌饮美酒。醴，甜酒。

豝

豝(bā)，即母猪。猪大致可分为两种，一种是未经驯化的野猪，一种是已被驯化的家猪。野猪长有厚实的毛发，且有一对獠牙，而家猪毛短，獠牙退化。猪为杂食性动物，从草木、水果、谷物到老鼠等小型动物都吃。

《小雅·大东》

有饛【一】簋【二】飧【三】，有捄【四】棘匕【五】。周道如砥，其直如矢。君子所履，小人所视。眷言【六】顾之，潸焉【七】出涕。

小东大东【八】，杼柚其空。纠纠葛屦，可以履霜。佻佻【九】公子，行彼周行。既往既来，使我心疚。

有冽氿泉【十】，无浸获薪。契契寤叹，哀我惮【十一】人。薪是获薪，尚可载也。哀我惮人，亦可息也。

东人之子，职劳不来。西人之子，粲粲衣服。舟人之子，熊罴是裘。私人之子，百僚是试。

或以其酒，不以其浆。鞙鞙【十二】佩璲，不以其长。维天有汉，监亦有光。跂彼织女，终日七襄。

虽则七襄，不成报章。睆【十三】彼牵牛，不以服箱。东有启明，西有长庚。有捄天毕，载施之行。

维南有箕，不可以簸扬。维北有斗，不可以挹【十四】酒浆。维南有箕，载翕【十五】其舌。维北有斗，西柄之揭。

题解 这是一首怨刺诗，表现了东方人民遭受沉重压榨的困苦惨景和诗人对此产生的忧愤抗争激情。

注释

【一】**饛**（méng） 食物装满器具的样子。

【二】**簋**（guǐ） 古代一种圆口、圈足、有盖、有座的食器，青铜制或陶制，供统治阶级的人使用。

【三】**飧**（sūn） 熟食，晚饭。

【四】**捄**（jū） 曲而长的样子。

【五】**棘匕** 酸枣木做的勺匙。

【六】**眷言** 同『眷然』，眷恋回顾的样子。

【七】**潸**（shān）**焉** 流泪的样子。

【八】**小东大东** 西周时代以镐京为中心，统称东方各诸侯国为东国，以远近分，近者为小东，远者为大东。

【九】**佻**（tiāo）**佻** 轻狂的样子。

【十】**氿**（guǐ）**泉** 泉流受阻溢而自旁侧流出的泉水，狭而长。

【十一】**惮** 同『瘅』，疲苦成病。

【十二】**鞙**（juān）**鞙** 形容玉圆之貌。

【十三】**睆**（huǎn） 明亮的样子。

【十四】**挹**（yì） 舀。

【十五】**翕** 吸，引。

熊

熊，是食肉目熊科动物的通称，体型庞大，奔跑速度极快，且会爬树。生活于寒冷地区的熊有冬眠现象。大多数熊食性很杂，既食嫩枝芽、苔藓、浆果和坚果，也到溪边捕捉蛙、蟹和鱼，掘食鼠类，掏取鸟卵，盗取蜂蜜，甚至袭击小型鹿、羊或觅食腐尸。熊平时性情温和，遇到危险时异常凶猛。

《小雅·巷伯》

萋兮斐兮【一】，成是贝锦【二】。彼谮人【三】者，亦已大【四】甚！

哆兮侈兮【五】，成是南箕【六】。彼谮人者，谁适与谋。

缉缉翩翩【七】，谋欲谮人。慎尔言也，谓尔不信。

捷捷幡幡【八】，谋欲谮言。岂不尔受？既其女迁。

骄人好好【九】，劳人草草【十】。苍天苍天，视彼骄人，矜【十一】此劳人。

彼谮人者，谁适与谋？取彼谮人，投畀【十二】豺虎。豺虎不食，投畀有北【十三】。有北不受，投畀有昊【十四】！

杨园之道，猗【十五】于亩丘。寺人【十六】孟子，作为此诗。凡百君子，敬而听之。

题解　此诗是一首政治抒愤诗，同时也是一首劝诫诗。作者叫做孟子，因谗言陷害，他被施以宫刑成了宦官，于是作诗以发泄满腔的怨愤，进而告诫君子远离小人。

注释

【一】**萋**(qī)、**斐**(fěi)　都是花纹错杂的样子。

【二】**贝锦**　织有贝纹图案的锦缎。

【三】**谮**(zèn)**人**　诬陷别人的人。

【四】**大**(tài)　同『太』。

【五】**哆**(chǐ)　张口。**侈**(chǐ)　大。

【六】**南箕**(jī)　星宿名。

【七】**缉缉**　附耳私语的样子。**翩翩**　往来迅速的样子。

【八】**捷捷**　胡说八道、信口雌黄。**幡**(fān)**幡**　反复进言的样子。

【九】**骄人**　指进谗者。**好好**　得意的样子。

【十】**劳人**　指被谗者。**草草**　忧愁的样子。

【十一】**矜**(jīn)　怜悯。

【十二】**畀**(bì)　与，给予。

【十三】**有北**　北方苦寒之地。此句意为流放。

【十四】**有昊**(hào)　苍天。此句指交给老天发落。

【十五】**猗**(yǐ)　在……之上。一说同『倚』，靠着。

【十六】**寺人**　阉人，宦官。

豺

豺，又名豺狗、亚洲野犬。样貌似狼，比狼体型小，毛色像赤狐。豺是群居动物，以群体围捕的方式捕杀鹿、麂、麝、山羊等偶蹄目动物为食。豺性格凶猛大胆，又聪明狡诈，因栖息地被破坏常袭击牲畜，遭到人类无节制的猎杀，现在已被列为世界濒危动物。

《小雅·角弓》

骍骍角弓【一】，翩【二】其反矣。兄弟昏姻，无胥远【三】矣。

尔之远矣，民胥然矣。尔之教矣，民胥效矣。

此令【四】兄弟，绰绰有裕。不令兄弟，交相为瘉【五】。

民之无良，相怨一方。受爵不让，至于已斯亡【六】。

老马反为驹，不顾其后。如食宜饇【七】，如酌孔【八】取。

毋教猱升木，如涂涂附【九】。君子有徽猷【十】，小人与属。

雨雪瀌瀌【十一】，见晛【十二】曰消。莫肯下遗【十三】，式居娄【十四】骄。

雨雪浮浮，见晛曰流。如蛮如髦【十五】，我是用忧。

题解 这是一首劝谏诗。诗人用各种形象的比喻劝告周王不要疏远兄弟亲戚反而亲近小人。

注释

【一】**骍(xīng)骍** 调整好的。**角弓** 两端用兽角装饰的弓。

【二】**翩** 指反过来弯曲的样子。

【三】**胥(xū)** 相。**远** 疏远。

【四】**令** 善，好的。

【五】**瘉(yù)** 病，此指残害。

【六】**亡** 通『忘』，遗忘。

【七】**饇(yù)** 饱。

【八】**孔** 恰如其分。

【九】**涂** 泥土。**涂附** 沾着泥。

【十】**徽** 美好。**猷(yóu)** 方略。

【十一】**瀌(biāo)瀌** 形容雪下得很大。

【十二】**晛(xiàn)** 阳光。

【十三】**下遗** 下弃，指贬弃到下位的小人。

【十四】**娄** 借为『屡』，屡次。

【十五】**蛮、髦** 南蛮与夷髦。蛮，古代对南方少数民族的称呼。髦，古代对西方少数民族的称呼。

猱

猱，即猕猴，是一种善于攀爬的猴科动物。猕猴一般生活在森林中，是群居动物，以十余只乃至数百只大群生活。以树叶、嫩枝、野菜等为食，偶尔也捕食其它小动物。现属于世界濒危物种。

奕奕【一】梁山，维禹甸【二】之，有倬【三】其道。韩侯受命，王亲命之：缵戎祖考【四】，无废朕命。夙夜匪解【五】，虔共【六】尔位，朕命不易。榦【七】不庭方，以佐戎辟。

四牡奕奕，孔脩且张。韩侯入觐，以其介圭【八】，入觐于王。王锡【九】韩侯，淑旂【十】绥章，簟茀错衡，玄衮赤舄【十一】，钩膺镂锡，鞹鞃【十二】浅幭，鞗革金厄。

韩侯出祖，出宿于屠。显父饯之，清酒百壶。其肴维何？炰鳖鲜鱼。其蔌维何？维笋及蒲。其赠维何？乘马路车。笾豆【十三】有且。侯氏燕胥。

韩侯取妻，汾王之甥，蹶父之子。韩侯迎止，于蹶之里。百两彭彭，八鸾锵锵，不显其光。诸娣从之，祁祁如云。韩侯顾之，烂其盈门。

蹶父孔武，靡国不到。为韩姞相攸，莫如韩乐。孔乐韩土，川泽訏訏【十四】，鲂鱮甫甫，麀鹿噳噳【十五】，有熊有罴，有猫有虎。庆既令居，韩姞燕誉。

溥彼韩城，燕师所完。以先祖受命，因时百蛮。王锡韩侯，其追其貊。奄受北国，因以其伯。实墉实壑，实亩实藉。献其貔皮，赤豹黄罴。

题解 这是一首记述颂扬周宣王时期韩侯治国有方的诗。从觐见、迎亲、饯行等方面描写了韩侯的活动和韩国的风貌。

注释

【一】**奕奕** 高大的样子。

【二】**甸** 治。传说大禹治水开辟九州。

【三】**倬**(zhuō) 长远。

【四】**缵**(zuǎn) 继承。**戎** 你。**祖考** 先祖。

【五】**匪解** 非懈，即不懈怠。

【六】**虔共**(gōng) 敬诚恭谨。共，通「恭」。

【七】**榦**(gàn) 同「干」，安定。一说「正」，纠正。

【八】**介圭** 朝觐时用的玉制礼器。

【九】**锡** 同「赐」，赏赐。

【十】**淑旂**(qí) 色彩鲜艳绘有蛟龙图案的旗。

【十一】**玄衮** 画有龙纹的黑色礼服。**赤舄**(xì) 红鞋。

【十二】**鞹**(kuò)**鞃**(hóng) 包皮革的车轼横木。

【十三】**笾**(biān)**豆** 饮食用具，笾是盛果脯的高脚竹器，豆是盛食物的高脚、盘状陶器。

【十四】**訏訏** 广大的样子。

【十五】**麀**(yōu) 母鹿。**噳**(yǔ)**噳** 描述许多鹿聚集在一起的样子。

猫

猫，属于猫科动物，分家猫、野猫，家猫是世界上较为广泛的家庭宠物。家猫的祖先据推测是起源于古埃及的沙漠猫、波斯的波斯猫，已经被人类驯化了3500年。中国经过自然筛选留下的猫为狸花猫。

七月流火【一】，九月授衣【二】。一之日觱发【三】，
二之日栗烈【四】。无衣无褐，何以卒岁。三之日于耜，
四之日举趾【五】。同我妇子，馌彼南亩，田畯至喜。

七月流火，九月授衣。春日载阳，有鸣仓庚【六】。女执懿【七】筐，遵彼微行，爰【八】求柔桑。春日迟迟，采蘩祁祁。女心伤悲，殆及公子同归【九】。

七月流火，八月萑苇。蚕月条桑，取彼斧斨【十】，以伐远扬，猗彼女桑。七月鸣鵙【十一】，八月载绩。载玄载黄，我朱孔阳，为公子裳。

四月秀葽，五月鸣蜩。八月其获，十月陨萚【十二】。一之日于貉，取彼狐狸，为公子裘。二之日其同，载缵【十三】武功，言私其豵【十四】，献豜【十五】于公。

五月斯螽动股，六月莎鸡振羽，七月在野，八月在宇，九月在户，十月蟋蟀入我床下。穹窒熏鼠，塞向墐【十六】户。嗟我妇子，曰为改岁，入此室处。

六月食郁及薁，七月亨葵及菽，八月剥枣，十月获稻，为此春酒，以介眉寿。七月食瓜，八月断壶，九月叔苴，采荼薪樗，食我农夫。

九月筑场圃，十月纳禾稼。黍稷重穋，禾麻菽麦。嗟我农夫，我稼既同，上入执宫功。昼尔于茅，宵尔索绹【十七】。亟其乘屋，其始播百谷。

二之日凿冰冲冲【十八】，三之日纳于凌阴。四之日其蚤【十九】，献羔祭韭。九月肃霜，十月涤场。朋酒斯飨，曰杀羔羊。跻彼公堂，称彼兕觥，万寿无疆。

题解 这是一首关于农业生产和农民生活的叙事抒情诗。诗中举例描写了一年四季农民各种各样的生产活动，他们不停歇地进行高强度的劳动，丰收的成果却大都上交给王公贵族，体现出农民的心酸和悲苦。

【一】**七月流火** 『火』，星名，夏历五月以后逐渐向西偏移，天气逐渐转凉。

【二】**授衣** 将裁制冬衣的工作交给女工。

【三】**一之日** 十月以后第一个月的日子。以下二之日、三之日等仿此。为周历纪日法。**觱**(bì)**发**(bō) 大风触物声。

【四】**栗烈** 或作『凛冽』，形容气候寒冷。

【五】**举趾** 『趾』，脚。意为去耕田。

【六】**仓庚** 鸟名，就是黄莺。

【七】**懿**(yì) 深。

【八】**爰**(yuán) 语词，犹『曰』。

【九】**殆及公子同归** 是说怕被国君之子强迫带回家去。一说指怕被女公子带去陪嫁。

【十】**斨**(qiāng) 方孔的斧头。

【十一】**鵙**(jú) 鸟名，即伯劳。

【十二】**陨萚**(tuò) 落叶。

【十三】**缵**(zuǎn) 继续。

【十四】**豵**(zōng) 一岁的小猪，代表比较小的兽。

【十五】**豜**(jiān) 三岁的猪，代表大兽。

【十六】**墐** 用泥涂抹。贫家门扇用柴竹编成，涂泥使它不通风。

【十七】**索** 动词，指制绳。**绹**(táo) 绳。

【十八】**冲冲** 古读如『沉沉』，凿冰之声。

【十九】**蚤** 读为『爪』，取。这句是说取冰。

貉／狸

貉，亦称『狗獾』，哺乳纲，食肉目，是犬科的一种古老种类。体型较犬小，喜夜行，一般活动于阔叶林中接近水源的地方或开阔草甸、茂密的灌丛带和芦苇地。既吃水果，又捕食小型哺乳动物。与大多数的犬科成员不同，貉善于爬树，也是犬科动物中唯一一种在冬季休眠的动物。

狸，即狸猫，长相如猫，善于奔跑，会偷袭，能攀缘上树，常活动于林区，也见于灌木丛中，胆大、凶猛，夜间出来活动。捕食小型鸟类，以及鼠、蛙、野兔、蛇等。

狸

第五卷

鱼及其他

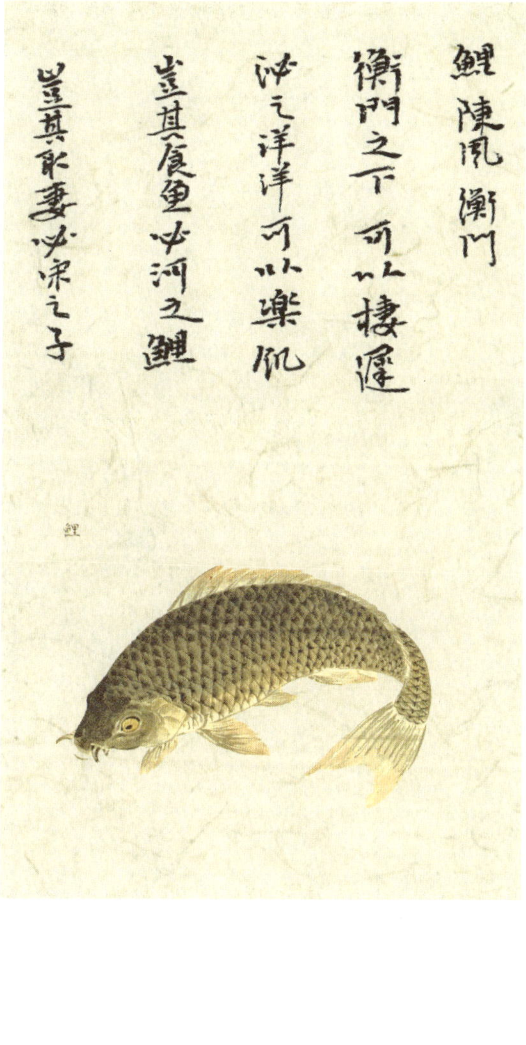
鯉 陳風 衡門
衡門之下 可以棲遲
泌之洋洋 可以樂飢
豈其食魚 必河之鯉
豈其取妻 必宋之子
鯉

龟

龟，泛指龟鳖目的所有成员，龟是现存最古老的爬行动物。龟身上长有非常坚固的甲壳，受袭击时可以把头、尾及四肢缩回龟壳内。龟行动缓慢，但寿命极长，甚至能超过百年。

《小雅·鱼丽》

鱼丽【一】于罶【二】，鲿鲨【三】。君子有酒，旨【四】且多。

鱼丽于罶，鲂鳢。君子有酒，多且旨。

鱼丽于罶，鰋鲤。君子有酒，旨且有。

物其多矣，维其嘉矣！

物其旨矣，维其偕【五】矣！

物其有【六】矣，维其时【七】矣！

题解 这是周代宴请宾客用的乐歌。诗中盛赞宴享时酒肴的甘美盛多，尤其写了许多鱼类，描绘出宾主同欢的情景。

注释

【一】**丽**（lí） 同罹，意谓遭遇。

【二】**罶**（liǔ） 捕鱼的工具，又称笱，用竹编成，编绳为底，鱼入而不能出。

【三】**鲿**（cháng） 黄颊鱼。**鲨** 又名魦，能吹沙的小鱼。

【四】**旨** 味美。

【五】**偕**（xié） 齐全。

【六】**有** 多。

【七】**时** 及时。

思乐泮水，薄采其藻。鲁侯戾止，其马蹻蹻【七】。
其马蹻蹻，其音昭昭。载色【八】载笑，匪怒伊教。

思乐泮水，薄采其茆。鲁侯戾止，在泮饮酒。既饮旨酒，
永锡【九】难老。顺彼长道，屈此群丑【十】。

穆穆【十一】鲁侯，敬明其德。敬慎威仪，维民之则。
允文允武，昭假【十二】烈祖。靡有不孝，自求伊祜【十三】。

明明鲁侯，克明其德。既作泮宫，淮夷攸服。矫矫虎臣，
在泮献馘【十四】。淑问如皋陶【十五】，在泮献囚。

济济多士，克广德心。桓桓【十六】于征，狄【十七】
彼东南。烝烝皇皇【十八】，不吴不扬。不告于讻【十九】，
在泮献功。

角弓其觩。束矢其搜。戎车孔博，徒御无斁【二十】。
既克淮夷，孔淑不逆。式固尔犹，淮夷卒获。

翩彼飞鸮，集于泮林。食我桑葚，怀我好音。憬彼淮夷，
来献其琛。元龟象齿，大赂南金。

题解 这是一首关于鲁僖公平定淮夷的长篇叙事诗。诗文赞美鲁僖公能继承祖先事业，平服淮夷，成其武功。

【六】迈 行走。

【七】蹻蹻(jiǎo) 马强壮的样子。

【八】色 指容颜和蔼。

【九】锡 同「赐」，赐予。

【十】丑 恶，指淮夷。

【十一】穆穆 举止庄重的样子。

【十二】昭假 犹「登遐」，升天。

【十三】祜(hù) 福。

【十四】馘(guó) 古代打仗杀敌后割下敌人的左耳以计数，带回去按杀敌数论功行赏。

【十五】皋陶(yáo) 相传尧时负责刑狱的官。

【十六】桓桓 威武的样子。

【十七】狄 同「剔」，除。

【十八】烝烝(zhēng)皇皇 众多盛大的样子。

【十九】讻(xiōng) 讼，指因争功而产生的互诉。

【二十】斁(yì) 厌倦。

鳢／鰋

鳢，是鳢属鱼类的统称，淡水鱼的一种，也叫做黑鱼、乌鱼。我国有乌鳢、斑鳢、月鳢三个品种。鳢鱼的身体呈圆筒状，有斑纹，性格凶猛，食肉，常生活在水草茂盛及泥底浑浊的水体中。

鰋，即鲶鱼。显著特征是身上没有鳞片，而是覆盖一层黏液。鲶鱼头扁口阔，上下颌各有四条胡须，因此俗称胡子鱼。鲶鱼是肉食性的凶猛鱼类，其肉质细嫩少刺、美味浓郁，富含蛋白质和脂肪，营养丰富，尤其适宜体质虚弱、营养不良之人食用。

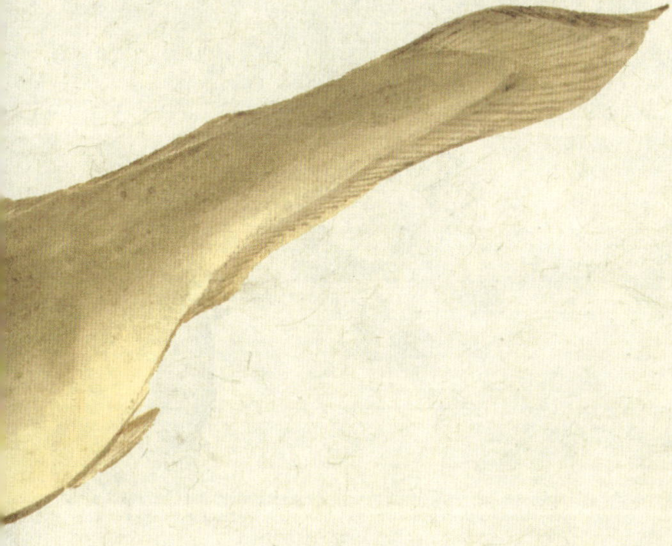

鱧

《鲁颂·泮水》

思乐泮水，薄采其芹。鲁侯戾【一】止，言观其旂【二】。
其旂茷茷【三】，鸾声哕哕【四】。无小无大【五】，
从公于迈【六】。

注释

【一】戾 临。

【二】旂(qí) 绘有龙形图案的旗帜。

【三】茷(pèi)茷 飘扬的样子。

【四】鸾 通「銮」，古代的车铃。哕(huì)哕 铃铛和鸣的声音。

【五】无小无大 指随从官员职位不分大小尊

鼉

《陈风·衡门》

衡门【一】之下，可以栖迟【二】。泌【三】之洋洋，可以乐饥。岂其食鱼，必河之鲂？岂其取妻？必齐之姜【四】？岂其食鱼，必河之鲤？岂其取妻，必宋之子【五】？

题解 这是一首表达不慕富贵的诗。可以看出诗人愿过勤俭生活，不求奢华。也有说法认为这首诗表达了隐居的趣味。

注释

【一】衡门 横木为门，简陋的门。

【二】栖迟 栖身，休息。

【三】泌 水名。一说泉水边的男女幽约之地。

【四】齐之姜 齐国姜姓女子，姜姓是齐国国君姓氏。

【五】宋之子 即宋国子姓的女子。

鲤

鲤，即鲤鱼，是淡水鱼类中品种最多、分布最广、养殖历史最久、产量最高的品种之一。原产于亚洲，引进到欧美后迅速繁殖，对当地生态环境造成了一定的破坏。鲤鱼是食用鱼，经人工培育后出现了锦鲤等观赏鱼种。古人认为，鲤鱼跃龙门后可化为龙，因此将鲤鱼看作祥瑞之物。

《大雅·行苇》

敦彼行苇【一】，牛羊勿践履。方苞方体【二】，维叶泥泥【三】。戚戚【四】兄弟，莫远具尔【五】。或肆【六】之筵，或授之几。

肆筵设席，授几有缉御【七】。或献或酢【八】，洗爵奠斝【九】。醓醢【十】以荐，或燔或炙。嘉肴脾臄【十一】，或歌或咢【十二】。

敦弓既坚，四鍭【十三】既均，舍矢既均，序宾以贤。敦弓既句【十四】，既挟四鍭。四鍭如树，序宾以不侮。

曾孙维主，酒醴维醹【十五】，酌以大斗，以祈黄耇【十六】。黄耇台背，以引以翼。寿考维祺，以介景福。

题解 这是一首贵族的宴饮诗。诗中写了设宴、比射、宴饮、祭祀等情景，详尽体现了周代贵族家宴的盛况，也表现了兄友弟恭、尊老爱幼的家庭美德。

注释

【一】**敦**(tuán) 苇草丛生貌。**行苇** 道路边的芦苇。

【二】**方** 正。**苞** 指枝叶尚包裹未分之时。**体** 成形。

【三】**泥泥** 苇叶润泽貌。

【四】**戚戚** 亲密。

【五】**远** 疏远。**具** 通『俱』，都。**尔** 『迩』，近。

【六】**肆** 陈设。

【七】**缉御** 相继有人侍候。

【八】**献** 主人对客人敬酒。**酢**(zuò) 客人拿酒回敬。

【九】**奠斝**(jiǎ) 周时礼制，主人敬的酒客人饮毕，则置杯于几上；客人回敬主人，主人饮毕也须这样做。

【十】**醓**(tǎn) 多汁的肉酱。**醢**(hǎi) 肉酱。

【十一】**脾** 通『膍(pí)』，牛胃，俗称牛百叶。**臄**(jué) 牛舌。

【十二】**咢**(è) 只打鼓不伴唱。

【十三】**鍭**(hóu) 一种箭，金属箭头，鸟羽箭尾。

【十四】**句**(gōu) 借为『彀』，张弓引满。

【十五】**醹**(rú) 形容酒味醇厚。

【十六】**黄耇**(gǒu) 年高长寿。

台

台，也写作鲐，即鲐鱼，现在常叫做青花鱼、鲭鱼。鲐鱼是一种海洋洄游性鱼类，力量大，游速快。鲐鱼的肉质坚实，除鲜食外还可晒制和做罐头，其肝可提炼鱼肝油。

《小雅·六月》

六月栖栖【一】，戎车既饬【二】。四牡骙骙，载是常服。猃狁孔炽【三】，我是用急。王于出征，以匡王国。

比物【四】四骊，闲之维则。维此六月，既成我服。我服既成，于三十里。王于出征，以佐天子。

四牡修广，其大有颙【五】。薄伐猃狁，以奏肤功【六】。有严有翼，共武之服【七】。共武之服，以定王国。

猃狁匪茹【八】，整居焦获。侵镐及方，至于泾阳。织文鸟章，白旆【九】央央。元戎十乘，以先启行。

戎车既安，如轾如轩【十】。四牡既佶【十一】，既佶且闲【十二】。薄伐猃狁，至于大原。文武吉甫，万邦为宪。

吉甫燕喜，既多受祉。来归自镐，我行永久。饮御诸友，炰【十三】鳖脍鲤。侯谁在矣？张仲孝友。

题解 这是一首记述周宣王时期尹吉甫北伐猃狁的诗歌。通过对这次战争过程的描写，赞美了周军主帅尹吉甫的文韬武略、丰功伟绩和英雄风范。

注释

【一】**栖栖** 忙碌紧急的样子。

【二】**饬**（chì） 整顿，整理。

【三】**孔** 很。**炽**（chì） 势盛。

【四】**比物** 把力气和毛色一致的马套在一起。

【五】**颙**（yóng） 大头大脑的样子。

【六】**肤功** 大功。

【七】**共** 通『恭』，严肃地对待。**武之服** 打仗的事。

【八】**茹** 柔弱。

【九】**旆**（pèi） 旗子末端如同燕尾的三角形飘带。

【十】**轾**（zhì）、**轩** 车身前俯和后仰。

【十一】**佶**（jí） 整齐。

【十二】**闲** 驯服的样子.

【十三】**炰**（páo） 蒸煮。

鳖

鳖，俗称甲鱼，也叫团鱼、水鱼。鳖与乌龟相似，但壳上没有纹路，且较柔软，鼻子也较长。在中国，鳖自古就是餐桌上的美味佳肴，还可作为中药材料入药。其具有诸多滋补药用功效，有清热养阴、平肝熄风、软坚散结的功效。

《小雅·巷伯》

萋兮斐兮【一】，成是贝锦【二】。彼谮人【三】者，亦已大【四】甚！

哆兮侈兮【五】，成是南箕【六】。彼谮人者，谁适与谋。

缉缉翩翩【七】，谋欲谮人。慎尔言也，谓尔不信。

捷捷幡幡【八】，谋欲谮言。岂不尔受？既其女迁。

骄人好好【九】，劳人草草【十】。苍天苍天，视彼骄人，矜【十一】此劳人。

彼谮人者，谁适与谋？取彼谮人，投畀【十二】豺虎。豺虎不食，投畀有北【十三】。有北不受，投畀有昊【十四】！

杨园之道，猗【十五】于亩丘。寺人【十六】孟子，作为此诗。凡百君子，敬而听之。

题解 此诗是一首政治抒愤诗，同时也是一首劝诫诗。作者叫做孟子，因谗言陷害，他被施以宫刑成了宦官，于是作诗以发泄满腔的怨愤，进而告诫君子远离小人。

注释

【一】**萋**(qī)、**斐**(fěi) 都是花纹错杂的样子。

【二】**贝锦** 织有贝纹图案的锦缎。

【三】**谮**(zèn)**人** 诬陷别人的人。

【四】**大**(tài) 同『太』。

【五】**哆**(chǐ) 张口。**侈**(chǐ) 大。

【六】**南箕**(jī) 星宿名。

【七】**缉缉** 附耳私语的样子。**翩翩** 往来迅速的样子。

【八】**捷捷** 胡说八道、信口雌黄。**幡**(fān)**幡** 反复进言的样子。

【九】**骄人** 指进谗者。**好好** 得意的样子。

【十】**劳人** 指被谗者。**草草** 忧愁的样子。

【十一】**矜**(jīn) 怜悯。

【十二】**畀**(bì) 与，给予。

【十三】**有北** 北方苦寒之地。此句意为流放。

【十四】**有昊**(hào) 苍天。此句指交给老天发落。

【十五】**猗**(yǐ) 在……之上。一说同『倚』，靠着。

【十六】**寺人** 阉人，宦官。

贝

贝，是牡蛎、蛤或其他软体动物中腹足类和瓣鳃类的统称。贝类身体柔软易受伤，因此有硬壳以防护。一些贝类可以分泌珍珠质，将进入到壳中的沙石包裹起来，形成珍珠。

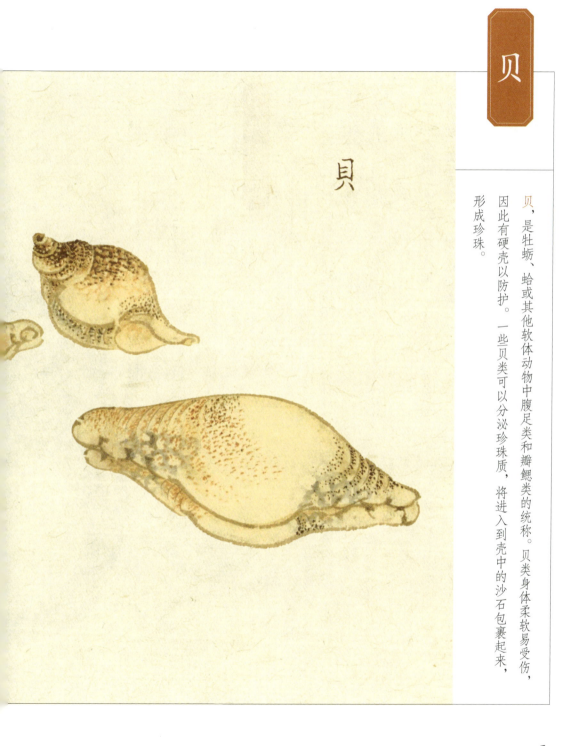

《大雅·灵台》

经始【一】灵台，经之营之。庶民攻【二】之，不日成之。

经始勿亟【三】，庶民子来。

王在灵囿，麀鹿攸伏。麀鹿濯濯【四】，白鸟翯翯【五】。

王在灵沼，於牣【六】鱼跃。

虡【七】业维枞【八】，贲鼓维镛。於论鼓钟，於乐辟雍。

於论鼓钟，於乐辟雍。鼍鼓逢逢。蒙瞍【九】奏公。

题解 这是一首描写灵台建成时君王百姓共同热闹欢庆的诗歌。

注释

【一】**经始** 开始计划营建。

【二】**攻** 建造。

【三】**亟** 同『急』。

【四】**濯濯** 肥硕健壮的样子。

【五】**翯翯**(hè) 洁白的样子。

【六】**牣**(rèn) 满。

【七】**虡**(jù) 悬钟的木架。

【八】**枞**(cōng) 崇牙，即虡上的载钉，用来挂钟。

【九】**蒙瞍**(sǒu) 古代对盲人的两种称呼。这里指盲眼乐师。

鼍

鼍（tuó），即扬子鳄，俗称土龙、猪婆龙，是中国特有的一种鳄鱼。与其他种类鳄鱼相比，扬子鳄体型非常小。鳄鱼曾与恐龙同时代生活过，有着一亿多年的进化史，因此有『活化石』之称。

《周颂·潜》

猗与【一】漆沮【二】，潜【三】有多鱼。

有鳣有鲔，鲦鲿鰋鲤。

以享【四】以祀，以介【五】景【六】福。

题解 这是一首记述春祭供鱼盛况的乐歌。人们从漆水和沮水中打捞出许多鱼，为此唱歌祭祀庆祝丰收。

注释

【一】**猗(yī)与** 赞美之词。

【二】**漆沮(jù)** 两条河流名，均在今陕西省渭河以北。

【三】**潜** 通『槮(sēn)』，放在水中供鱼栖止的柴堆。

【四】**享** 祭献。

【五】**介** 帮助，一说祈求。

【六】**景** 大。

鲦

鲦，即白条鱼，鲤科鳘属的一种鱼类，又叫做蓝刀鱼、游刁子、青鳞子、浮鲢等。由于其鳞片反光发白，故被称作白条鱼。这是低海拔地区一种常见鱼类，喜欢群聚栖息于溪、湖及水库等水域上层。可食用，全年皆可钓。

第六卷

昆虫

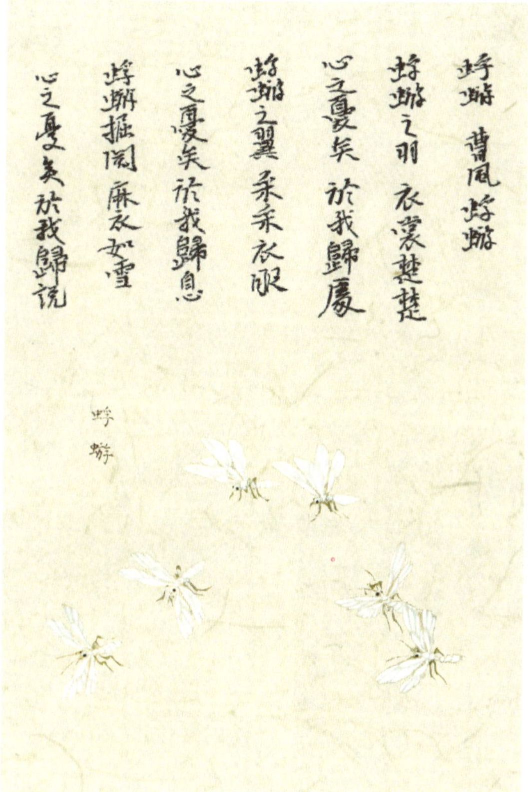
蜉蝣 曹風 蜉蝣
蜉蝣之羽 衣裳楚楚
心之憂矣 於我歸處
蜉蝣之翼 采采衣服
心之憂矣 於我歸息
蜉蝣掘閱 麻衣如雪
心之憂矣 於我歸說
蜉蝣

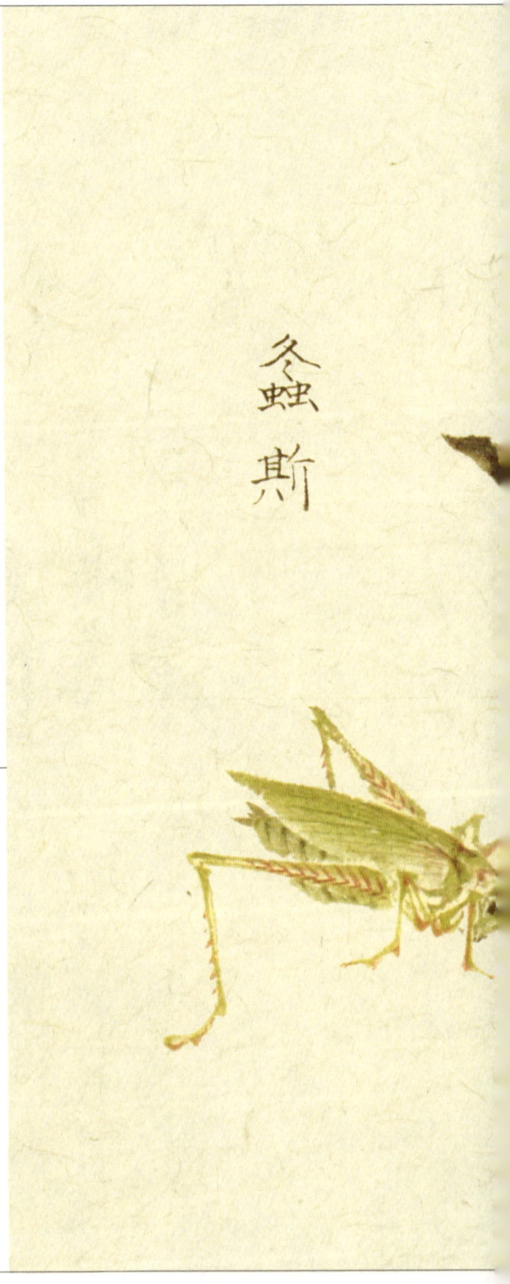

《周南·螽斯》

螽斯羽，诜诜【一】兮。宜尔子孙，振振【二】兮。

螽斯羽，薨薨【三】兮。宜尔子孙，绳绳【四】兮。

螽斯羽，揖揖【五】兮。宜尔子孙，蛰蛰【六】兮。

题解 这是一首祝福新婚夫妇未来子孙满堂的贺诗。诗中用多子的昆虫起兴，祝愿新人的子孙也能绵延不绝。

注释

【一】诜(shēn)诜 同『莘莘』，形容数量众多。

【二】振(zhēn)振 茂盛的样子。

【三】薨(hōng)薨 很多虫飞行时发出的『嗡嗡』声。

【四】绳(mǐn)绳 延绵不绝的样子。

【五】揖(jí)揖 会聚的样子。『揖』同『集』。

【六】蛰(zhé)蛰 多，聚集。

螽斯

螽(zhōng)斯，北方俗称蝈蝈，长相类似蝗虫，一般为草绿色，也有灰色或深灰色。蝈蝈吃庄稼，因此是不利于农作物生长的害虫，但是从宋代以来中国人就有了蓄养蝈蝈的传统，将蝈蝈关进草编的笼子当中，以观赏和消遣。

草蟲

《召南·草虫》

喓喓【一】草虫，趯趯阜螽【二】；未见君子，忧心忡忡。亦既见止【三】，亦既觏【四】止，我心则降【五】。

陟彼南山，言采其蕨；未见君子，忧心惙惙【六】。亦既见止，亦既觏止，我心则说【七】。

陟彼南山，言采其薇；未见君子，我心伤悲。亦既见止，亦既觏止，我心则夷【八】。

题解 这是一首写妻子思念丈夫的诗。女主人公出门采野菜，看到草丛中鸣叫的昆虫，便想起了自己远在天边的丈夫，心中忧伤不已。只有到了与丈夫相见之日，她才能安心。在整个采蕨和采薇的过程中，她一直在深切地思念自己的丈夫。

注释

【一】**喓**(yāo)**喓** 虫鸣声。

【二】**趯**(tì)**趯** 昆虫跳跃之状。**阜**(fù)**螽**(zhōng) 蚱蜢。

【三】**亦** 如，若。**止** 之、他，一说语助词。

【四】**觏**(gòu) 遇见。

【五】**降**(xiáng) 悦服，平静。一说放下。

【六】**惙**(chuò)**惙** 忧，愁苦的样子。

【七】**说**(yuè) 通『悦』，高兴。

【八】**夷** 平，此指心情平静。

草虫

草虫，即草螽，是螽斯科草螽亚科昆虫的统称。与螽斯在外形上没什么区别，在我国华东、华中、华南和西南各地都有分布。草螽常栖息于湖岸或池边的草地里，受惊时跳入水中，甚至可潜水数分钟。

蛾

螓

《卫风·硕人》

硕人【一】其颀，衣锦褧【二】衣。齐侯之子，卫侯之妻，东宫之妹，邢侯之姨，谭公维私【三】。

手如柔荑，肤如凝脂，领【四】如蝤蛴，齿如瓠犀【五】，螓首【六】蛾眉，巧笑倩【七】兮，美目盼兮。

硕人敖敖【八】，说【九】于农郊。四牡有骄，朱幩镳镳【十】，翟茀【十一】以朝。大夫夙退，无使君劳。

河水洋洋，北流活活【十二】。施罛涉涉【十三】，鳣鲔发发【十四】，葭菼揭揭【十五】。庶姜孽孽【十六】，庶士有朅【十七】。

题解 这是一首描写美人庄姜出嫁场景的诗。庄姜要嫁给卫庄公，诗中着力刻画了庄姜高贵、美丽的形象和婚礼的繁华盛大场面。

注释

【一】硕人 高大丰盈的人，美人。

【二】褧(jiǒng) 妇女出嫁时御风尘用的麻布罩衣，即披风。

【三】私 古代女子对其姊妹丈夫的称呼。

【四】领 颈，脖子。

【五】瓠(hù)犀(xī) 瓠瓜子儿，色白，排列整齐。

【六】螓(qín)首 形容前额丰满开阔。

【七】倩 嘴角弯曲好看的样子。

【八】敖敖 修长高大貌。

【九】说(shuì) 通『税』，停车休息。

【十】朱幩(fén) 用红绸布缠饰的马嚼子。镳镳(biāo) 盛美的样子。

【十一】翟(dí)茀(fú) 以雉羽为饰的车围子。

【十二】活活(guō) 水流声。

【十三】罛(gū) 大的鱼网。涉涉(huò) 撒网入水声。

【十四】发发(bō) 鱼尾击水之声。一说盛貌。

【十五】揭揭 长。

【十六】孽孽 高大的样子，或曰盛饰貌。

【十七】有朅(qiè) 朅朅，勇武的样子。

蝤蛴／螓／蛾

蝤(qiú)蛴(qí)，即天牛的幼虫。天牛是一种外形奇特的昆虫，黑色身体上有白色花纹，头上有两根长长的触角。天牛幼虫为淡黄或白色，能钻入木头中存活，在树内化蛹，成为成虫后再钻出，因此是危害树木的害虫。

螓，即蝉，又叫知了、爬檫等。蝉是不完全变态发育的昆虫，其幼虫生活在土中，有一对强壮的开掘前足，利用刺吸式口器吸取植物的汁液。待即将羽化时，便会挖洞爬出，爬到高高的树上开始蜕皮，长出透明的羽翼，成为成虫。

蛾，又称蛾子，种类很多，形状略似蝴蝶，但腹部短粗，身体肥厚，触角呈羽状，静止时双翅平伸。蛾是变态发育的昆虫，幼虫一般被称作毛虫，喜食植物叶子，为农业害虫。

《齐风·鸡鸣》

鸡既鸣矣，朝【一】既盈【二】矣。匪【三】鸡则鸣，苍蝇之声。

东方明矣，朝既昌【四】矣。匪东方则明，月出之光。

虫飞薨薨【五】，甘与子同梦。会【六】且归矣，无庶【七】予子憎。

注释

【一】**朝** 朝堂。一说早集。

【二】**盈** 满。

【三】**匪** 同『非』，不是。

【四】**昌** 盛也。意味人多。

【五】**薨薨**(hōng) 飞虫振翅的响声。

【六】**会** 会朝，上朝。

【七】**无庶** 同『庶无』。庶，幸，希望。

题解 关于本诗的说法颇多，《毛诗序》以为是因『思贤妃』而作；宋朱熹《诗集传》则以为是直接赞美贤妃；宋严粲《诗缉》以为是『刺荒淫』；清崔述《读风偶识》以为是『美勤政』；清方玉润《诗经原始》以为是『贤妇警夫早朝』。也有人认为是大夫之妻劝其夫不要耽误早朝之事。此说比较可信。

苍蝇

苍蝇，即家蝇，是完全变态的昆虫，它的生活史可分为卵、幼虫、前蛹、蛹、成虫几个时期。苍蝇的寿命只有一个月左右，但繁殖力很强。苍蝇的食性非常杂，属于杂食性蝇类，可以取食各种物质。

蟋蟀

《唐风·蟋蟀》

蟋蟀在堂，岁聿【一】其莫【二】。今我不乐，日月其除【三】。无已大康【四】，职【五】思其居。好乐无荒，良士瞿瞿【六】。

蟋蟀在堂，岁聿其逝【七】。今我不乐，日月其迈。无已大康，职思其外。好乐无荒，良士蹶蹶【八】。

蟋蟀在堂，役车其休。今我不乐，日月其慆【九】。无已大康，职思其忧。好乐无荒，良士休休【十】。

题解 这首诗主要写诗人感物伤时，劝诫自己和他人勤勉，或说有劝人及时行乐之意。

注释

【一】**聿**(yù) 语助词。

【二】**莫** 通『暮』字，指年末。

【三】**除** 过去。

【四】**大**(tài)**康** 过于享乐。

【五】**职** 相当于口语『得』。一说还要。

【六】**瞿**(jù)**瞿** 警惕瞻顾的样子。

【七】**逝** 去。

【八】**蹶**(jué)**蹶** 勤奋的样子。

【九】**慆**(tāo) 逝去。

【十】**休休** 安闲自得的样子。

蟋蟀

蟋蟀，俗称蛐蛐儿、夜鸣虫。有一对强有力的后足，善于蹦跳。蟋蟀是一种古老的昆虫，至少已有1.4亿年的历史。由于蟋蟀好斗，无论是在古代还是现代都是人们玩斗的对象。

蜉蝣

《曹风·蜉蝣》

蜉蝣之羽【一】，衣裳楚楚。心之忧矣，于【二】我归处。
蜉蝣之翼，采采【三】衣服。心之忧矣，于我归息。
蜉蝣掘阅【四】，麻衣如雪。心之忧矣，于我归说【五】。

题解 这是一首诗人叹息生命短暂、光阴易逝的诗。诗人借蜉蝣这种朝生暮死的小虫写出了对人生苦短的悲叹和惋惜。

注释

【一】**蜉蝣之羽** 形容衣服薄而有光泽。
【二】**于**(wū) 通『乌』，何，哪里。
【三】**采采** 光洁鲜艳的样子。
【四】**掘阅**(xué) 挖穴而出。『阅』通『穴』。
【五】**说**(shuì) 通『税』，止息，居住。

蜉蝣

蜉蝣，是一种很原始的有翅昆虫。蜉蝣种类丰富，遍布世界各地，历史上曾出现多次蜉蝣泛滥成灾的事件。蜉蝣的生命极短，长尾蜉蝣从成熟化蝶到死亡仅数小时，因此蜉蝣成了『朝生暮死』的意象。

弁【一】彼鸒【二】斯，归飞提提【三】。民莫不谷，我独于罹【四】。何辜【五】于天？我罪伊何？心之忧矣，云如之何！

踧踧【六】周道，鞫【七】为茂草。我心忧伤，惄【八】焉如捣。假寐【九】永叹，维忧用老。心之忧矣，疢【十】如疾首。

维桑与梓，必恭敬止。靡瞻匪父【十一】，靡依匪母。不属于毛【十二】？不罹【十三】于里？天之生我，我辰安在？

菀彼柳斯，鸣蜩嘒嘒，有漼【十四】者渊，萑苇淠淠【十五】。譬彼舟流，不知所届，心之忧矣，不遑假寐。

鹿斯之奔，维足伎伎【十六】。雉之朝雊，尚求其雌。譬彼坏木，疾用无枝。心之忧矣，宁莫之知？

相彼投兔，尚或先之。行有死人，尚或墐【十七】之。君子秉心，维其忍之。心之忧矣，涕既陨之。

君子信谗，如或酬之。君子不惠，不舒究之。伐木掎矣，析薪扡矣。舍彼有罪，予之佗矣。

莫高匪山，莫浚匪泉。君子无易由言，耳属于垣。无逝我梁，无发我笱。我躬不阅，遑恤我后！

注释

【一】**弁**（pán）通“般”，快乐。

【二】**鸒**（yù）鸟名。

【三】**提**（shí）**提** 群鸟安闲翻飞的样子。

【四】**罹**（lí）忧愁。

【五】**辜** 罪过。

【六】**踧**（dí）**踧** 平坦的状态。

【七】**鞫**（jū）阻塞。

【八】**惄**（nì）忧伤。

【九】**假寐** 指和衣小憩。

【十】**疢**（chèn）一种使内心忧痛烦热的病。

【十一】**靡** 不。**匪** 不是。“靡……匪……”为双重否定句。

【十二】**毛** 犹表，古代裘衣毛在外。

【十三】**罹**（lì）通“丽”，附着。

【十四】**漼**（cuǐ）水深的样子。

【十五】**淠**（pèi）**淠** 茂盛的样子。

【十六】**伎**（qí）**伎** 鹿急跑的样子。

【十七】**墐**（jìn）掩埋。

题解 这是一首质问苍天为何命运不公的哀怨诗。关于此诗内容有多种说法，有人认为是太子姬宜臼哀怨周幽王放逐自己，有人认为是尹吉甫儿子伯奇受父虐待而作，也有人认为这是一首弃妇诗。

蜩

蜩，即蝉，俗称知了。蝉的种类奇多，已发现的已有2000余种。蝉的幼虫有一对强壮的开掘前足，它们挖洞钻入土中，利用刺吸式口器刺入植物根部吸取汁液。幼虫通常会在土中待上几年甚至十几年。将要羽化时，幼虫会钻出爬到树上，然后抓紧树皮，蜕皮羽化成蝉。蝉褪下的皮叫做蝉蜕，可以入药。

七月流火【一】，九月授衣【二】。一之日觱发【三】，二之日栗烈【四】。无衣无褐，何以卒岁。三之日于耜，四之日举趾【五】。同我妇子，馌彼南亩，田畯至喜。

七月流火，九月授衣。春日载阳，有鸣仓庚【六】。女执懿【七】筐，遵彼微行，爰【八】求柔桑。春日迟迟，采蘩祁祁。女心伤悲，殆及公子同归【九】。

七月流火，八月萑苇。蚕月条桑，取彼斧斨【十】，以伐远扬，猗彼女桑。七月鸣鵙【十一】，八月载绩。载玄载黄，我朱孔阳，为公子裳。

四月秀葽，五月鸣蜩。八月其获，十月陨萚【十二】。一之日于貉，取彼狐狸，为公子裘。二之日其同，载缵【十三】武功，言私其豵【十四】，献豜【十五】于公。

五月斯螽动股，六月莎鸡振羽，七月在野，八月在宇，九月在户，十月蟋蟀入我床下。穹窒熏鼠，塞向墐【十六】户。嗟我妇子，曰为改岁，入此室处。

六月食郁及薁，七月亨葵及菽，八月剥枣，十月获稻，为此春酒，以介眉寿。七月食瓜，八月断壶，九月叔苴，采荼薪樗，食我农夫。

九月筑场圃，十月纳禾稼。黍稷重穋，禾麻菽麦。嗟我农夫，我稼既同，上入执宫功。昼尔于茅，宵尔索绹【十七】。亟其乘屋，其始播百谷。

二之日凿冰冲冲【十八】，三之日纳于凌阴。四之日其蚤【十九】，献羔祭韭。九月肃霜，十月涤场。朋酒斯飨，曰杀羔羊。跻彼公堂，称彼兕觥，万寿无疆。

【一】七月流火　『火』，星名，夏历五月以后逐渐向西偏移，天气逐渐转凉。

【二】授衣　将裁制冬衣的工作交给女工。

【三】一之日　夏历十一月。以下二之日、三之日仿此。为周历纪日法。觱（bì）发（bō）　大风触物声。

【四】栗烈　或作『凛冽』，形容气候寒冷。

【五】举趾　『趾』，脚，意为去耕田。

【六】仓庚　鸟名，就是黄莺。

【七】懿（yì）　深。

【八】爰（yuán）　语词，犹『曰』。

【九】殆及公子同归　是说怕被国君之子强迫带回家去。一说指怕被女公子带去陪嫁。

【十】斨（qiāng）　方孔的斧头。

【十一】鵙（jú）　鸟名，即伯劳。

【十二】陨萚（tuò）　落叶。

【十三】缵（zuǎn）　继续。

【十四】豵（zōng）　一岁的小猪，代表比较小的兽。

【十五】豜（jiān）　三岁的猪，代表大兽。

【十六】墐　用泥涂抹。贫家门扇用柴竹编成，涂泥使它不通风。

【十七】索　动词，指制绳。绹（táo）　绳。

【十八】冲冲　古读如『沉沉』，凿冰之声。

【十九】蚤　读为『爪』，取。这句是说取冰。

题解　这是一首关于农业生产和农民生活的叙事抒情诗。诗中举例描写了一年四季农民各种各样的生产活动，他们不停歇地进行高强度的劳动，丰收的成果却大都上交给王公贵族，体现出农民的心酸和悲苦。

莎鸡

莎鸡，即纺织娘，又名筒管娘、络丝娘。喜食南瓜、丝瓜的花瓣，也吃树叶和其他昆虫。纺织娘外形似蝈蝈，体型较大，有紫红、淡绿、深绿、枯黄等多种体，因此也是一种可用来观赏的鸣虫宠物。

二之日栗烈【四】。无衣无褐，何以卒岁。三之日于耜，四之日举趾【五】。同我妇子，馌彼南亩，田畯至喜。

七月流火，九月授衣。春日载阳，有鸣仓庚【六】。女执懿【七】筐，遵彼微行，爰【八】求柔桑。春日迟迟，采蘩祁祁。女心伤悲，殆及公子同归【九】。

七月流火，八月萑苇。蚕月条桑，取彼斧斨【十】，以伐远扬，猗彼女桑。七月鸣鵙【十一】，八月载绩。载玄载黄，我朱孔阳，为公子裳。

四月秀葽，五月鸣蜩。八月其获，十月陨萚【十二】。一之日于貉，取彼狐狸，为公子裘。二之日其同，载缵【十三】武功，言私其豵【十四】，献豜【十五】于公。

五月斯螽动股，六月莎鸡振羽，七月在野，八月在宇，九月在户，十月蟋蟀入我床下。穹窒熏鼠，塞向墐【十六】户。嗟我妇子，曰为改岁，入此室处。

六月食郁及薁，七月亨葵及菽，八月剥枣，十月获稻，为此春酒，以介眉寿。七月食瓜，八月断壶，九月叔苴，采荼薪樗，食我农夫。

九月筑场圃，十月纳禾稼。黍稷重穋，禾麻菽麦。嗟我农夫，我稼既同，上入执宫功。昼尔于茅，宵尔索绹【十七】。亟其乘屋，其始播百谷。

二之日凿冰冲冲【十八】，三之日纳于凌阴。四之日其蚤【十九】，献羔祭韭。九月肃霜，十月涤场。朋酒斯飨，曰杀羔羊。跻彼公堂，称彼兕觥，万寿无疆。

【一】七月流火　『火』，星名，夏历五月以后逐渐向西偏移，天气逐渐转凉。

【二】授衣　将裁制冬衣的工作交给女工。

【三】一之日　夏历十一月。以下二之日、三之日仿此。为周历纪日法。

【四】觱(bì)发(bō)　大风触物声。栗烈　或作『凛冽』，形容气候寒冷。

【五】举趾　『趾』，脚，意为去耕田。

【六】仓庚　鸟名，就是黄莺。

【七】懿(yì)　深。

【八】爰(yuán)　语词，犹『曰』。

【九】殆及公子同归　是说怕被国君之子强迫带回家去。一说指怕被女公子带去陪嫁。

【十】斨(qiāng)　方孔的斧头。

【十一】鵙(jú)　鸟名，即伯劳。

【十二】陨萚(tuò)　落叶。

【十三】缵(zuǎn)　继续。

【十四】豵(zōng)　一岁的小猪，代表比较小的兽。

【十五】豜(jiān)　三岁的猪，代表大兽。

【十六】墐　用泥涂抹。贫家门扇用柴竹编成，涂泥使它不通风。

【十七】索　动词，指制绳。绹(táo)　绳。

【十八】冲冲　古读如『沉沉』，凿冰之声。

【十九】蚤　读为『爪』，取。这句是说取冰。

题解　这是一首关于农业生产和农民生活的叙事抒情诗。诗中举例描写了一年四季农民各种各样的生产活动，他们不停歇地进行高强度的劳动，丰收的成果却大都上交给王公贵族，体现出农民的心酸和悲苦。

蚕

蚕，是蚕蛾的幼虫，是变态类昆虫，最常见的是桑蚕，又称家蚕，是以桑叶为食料的吐丝结茧的经济昆虫之一。中国人从夏商周时代便开始了养蚕缫丝制作丝织品的农耕生活。

《小雅·小宛》

宛【一】彼鸣鸠，翰飞戾天【二】。我心忧伤，念昔先人。明发【三】不寐，有【四】怀二人。

人之齐圣【五】，饮酒温克【六】。彼昏不知【七】，壹醉【八】日富。各敬【九】尔仪，天命不又【十】。

中原有菽，庶民采之。螟蛉有子，蜾蠃负之。教诲尔子，式穀似之。

题【十一】彼脊令，载飞载鸣。我日斯迈，而月斯征。夙兴夜寐，毋忝尔所生【十二】。

交交桑扈，率场啄粟。哀我填【十三】寡，宜岸宜狱。握粟出卜，自何能穀？

温温恭人，如集于木。惴惴小心，如临于谷。战战兢兢，如履薄冰。

题解 这是一首悼诗，同时也是一首劝诫诗。诗人对父母过世感到悲伤，同时不忘告诫自己的兄弟们不要成为耽于享乐的愚昧之人，自己的勤恳养育终有一天会到头，希望兄弟们能早日承担起责任。

注释

【一】**宛** 小的样子。

【二】**翰飞** 高飞。**戾**（lì） 至。此句意为飞至云天。

【三】**明发** 天亮。

【四】**有** 同『又』。

【五】**齐圣** 极其聪明有智慧的人。

【六】**温克** 善于克制自己以保持温和、恭敬的仪态。

【七】**昏** 愚昧。**不知** 无知的人。

【八】**壹醉** 每饮必醉。

【九】**敬** 通『儆』，警戒，戒慎。

【十】**又** 通『佑』，保佑。

【十一】**题**（dì） 通『睇』，看。

【十二】**忝**（tiǎn） 辱没。**所生** 指父母。

【十三】**填** 通『瘨（diān）』，病。

蜾蠃

蜾蠃，又名蠮螉、蒲卢、细腰蜂，是胡蜂总科下的一科。体长，腰细。蜾蠃是一种寄生蜂，以泥土筑巢于树枝或壁上，捕捉螟蛉等幼虫作为自己幼虫的食物，而古人误以为这是蜾蠃在收养幼虫。

彼何人斯？其心孔艰【一】。胡逝我梁【二】，不入我门？伊谁云从？维暴【三】之云。

二人从行，谁为此祸？胡逝我梁，不入唁我？始者不如今，云不我可【四】。

彼何人斯？胡逝我陈【五】？我闻其声，不见其身。不愧于人？不畏于天？

彼何人斯？其为飘风。胡不自北？胡不自南？胡逝我梁？祇【六】搅我心。

尔之安行，亦不遑【七】舍。尔之亟行，遑脂【八】尔车。壹者之来，云何其盱【九】。

尔还而入，我心易也。还而不入，否难知也。壹者之来，俾我祇【十】也。

伯氏吹埙，仲氏吹篪【十一】。及尔如贯，谅不我知。出此三物，以诅【十二】尔斯。

为鬼为蜮，则不可得。有靦【十三】面目，视人罔极。作此好歌，以极反侧。

题解 这是一首弃妇诗。女主人公斥责丈夫狂暴薄幸、弃自己不顾，如同鬼蜮。

注释

【一】孔 甚，很。艰 此指用心险恶难测。

【二】梁 拦水捕鱼的坝。

【三】暴 粗暴、暴虐。一说指暴公。

【四】可 通『哿(gě)』，嘉、好。

【五】陈 堂下至门的路。

【六】祇(zhī) 正好。

【七】遑(huáng) 空闲。

【八】脂 以油脂涂车；或曰通『支』，以轫木支车轮使其止住。

【九】盱(xū) 忧、病，或曰望也。

【十】祇(qí) 病，或曰安也。

【十一】篪(chí) 古竹制乐器，如笛，有八孔。

【十二】诅 诅盟。古时订盟约，需要告誓神明，若有违背，则令神明降祸。

【十三】靦(miǎn) 露面见人。

蜮

蜮，是一种传说中的生物，又名射影、射工。传说蜮生活在水中，可以口含沙粒射人或射人的影子，人一旦被射中就要生疮，被射中影子的也要生病，由此诞生了成语『含沙射影』。

《小雅·大田》

大田多稼，既种既戒【一】，既备乃事。以我覃耜【二】，俶载【三】南亩。播厥【四】百谷，既庭【五】且硕，曾孙是若。

既方既皁【六】，既坚既好，不稂【七】不莠。去其螟螣【八】，及其蟊贼，无害我田稚。田祖【九】有神，秉畀【十】炎火。

有渰【十一】萋萋，兴雨祈祈【十二】。雨我公田，遂及我私。彼有不获稚，此有不敛穧【十三】。彼有遗秉，此有滞穗，伊寡妇之利。

曾孙来止，以其妇子。馌【十四】彼南亩，田畯【十五】至喜。来方禋祀【十六】，以其骍黑【十七】，与其黍稷。以享以祀，以介【十八】景福。

题解 这是一首描写农耕与祭祀的诗歌。先写农民们如何选种播种、除草除虫，后写田地获得丰收，农奴主举办祭祀活动祈求福祉。

注释

【一】**戒** 同『械』，此指修理农业器械准备耕作。

【二】**覃**(yǎn) 『剡』的假借，锋利。**耜**(sì) 犁头。

【三】**俶**(chù)**载** 开始从事。

【四】**厥** 其、那。

【五】**庭** 通『挺』，挺拔。

【六】**方** 通『房』，指谷粒已生嫩壳，但还没有合严。**皁**(zào) 通『皂』，指谷壳已经结成，但还未坚实。

【七】**稂**(láng) 指穗粒空瘪的禾。

【八】**螟**(míng) 吃禾心的害虫。**螣**(tè) 吃禾叶的青虫。下文中的『蟊』『贼』也为害虫。

【九】**田祖** 农神。

【十】**畀** 给与。

【十一】**有渰**(yǎn) 即『渰渰』，阴云密布的样子。

【十二】**祈祈** 徐徐、慢慢。一说云盛貌。

【十三】**穧**(jì) 已割下但还未收的禾。

【十四】**馌**(yè) 送饭。

【十五】**田畯**(jùn) 周代农官，掌管监督奴隶的农事工作。

【十六】**禋**(yīn)**祀** 升烟以祭，古代祭天的仪式，也泛指祭祀。

【十七】**骍**(xīn) 赤色牛。**黑** 指黑色的猪羊。

【十八】**介** 『丐』的假借，祈求。

螟/螣/蟊

螟，即螟虫，是螟蛾的幼虫。螟虫种类很多，喜吃水稻等庄稼，也侵害高粱、玉米、甘蔗等，是中国南方主要害虫之一。

螣，指吃庄稼叶的青虫，应为蝗虫幼虫的一种，是危害农业丰收的害虫。

蟊，指多种以植物根为食的或生活在根下的虫。《尔雅》曰：『食苗心曰螟，食叶曰螣，食根曰蟊，食节曰贼。』

《小雅·都人士》

彼都人士【一】，狐裘黄黄。其容不改，出言有章。行归于周，万民所望【二】。

彼都人士，台笠缁撮【三】。彼君子女，绸直如发。我不见兮，我心不说【四】。

彼都人士，充耳琇实【五】。彼君子女，谓之尹吉【六】。我不见兮，我心苑结【七】。

彼都人士，垂带而厉【八】。彼君子女，卷发如虿。我不见兮，言从之迈【九】。

匪伊垂之，带则有余。匪伊卷之，发则有旟【十】。我不见兮，云何盱【十一】矣。

题解 这是一首悼古伤今之作。通过写昔日京城贵族华美的衣着、威仪的容貌，表达对平王东迁前国家繁盛的怀念。

注释

【一】**都人士** 京都人士，大约指当时京城贵族。也有说法认为「都人」指「美人」。

【二】**望** 仰望。

【三】**台笠** 莒草编成的草帽。**缁(zī)撮(cuō)** 黑布制成的束发小帽。

【四】**说(yuè)** 同「悦」，喜悦。

【五】**琇(xiù)** 一种宝石。**实** 指琇晶莹可爱的样子。

【六】**尹吉** 名叫尹吉的姑娘。一说尹和吉是当时的两个贵族大姓。

【七】**苑(yùn)结** 即郁结，指心中忧闷、抑郁。

【八】**厉** 通「裂」，下垂。

【九】**从之** 因之。**迈** 旧训「行」。此句意为因此跟在后面看。

【十】**旟(yú)** 扬，上翘貌。

【十一】**盱(xū)** 「吁」之假借，忧伤。

虿

虿，即蝎子。蝎子是节肢动物而非昆虫，其典型的特征包括瘦长的身体、有螯、弯曲分段且带有毒刺的尾巴。蝎子均有毒，受到威胁时会翘起尾巴伺机攻击，不过毒性大小不一。在中医和民间疗法中，部分蝎子可入药，亦可泡酒作保健品。

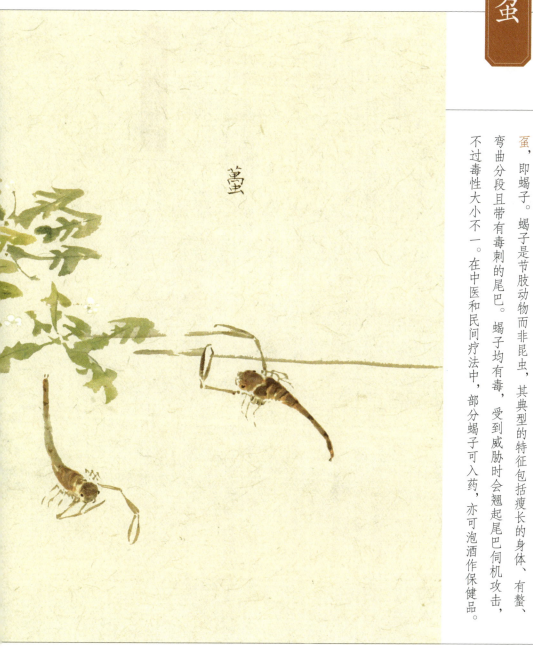

伊威

《豳风·东山》

我徂【一】东山，慆慆【二】不归。我来自东，零雨其濛。我东曰归，我心西悲。制彼裳衣，勿士行枚。蜎蜎者蠋【三】，烝【四】在桑野。敦彼独宿，亦在车下。

我徂东山，慆慆不归。我来自东，零雨其濛。果臝之实，亦施【五】于宇。伊威在室，蟏蛸在户。町畽【六】鹿场，熠耀宵行【七】。不可畏也，伊可怀也。

我徂东山，慆慆不归。我来自东，零雨其濛。鹳鸣于垤【八】，妇叹于室。洒扫穹窒，我征聿【九】至。有敦瓜苦，烝在栗薪。自我不见，于今三年。

我徂东山，慆慆不归。我来自东，零雨其濛。仓庚于飞，熠耀其羽。之子于归，皇驳其马。亲结其缡【十】，九十其仪。其新孔嘉，其旧如之何！

注释

【一】徂(cú) 往，到。

【二】慆慆(tāo) 长久。

【三】蜎蜎(yuān) 幼虫蜷曲的样子；一说虫子蠕动的样子。蠋(zhú) 一种长在桑树上的虫，即野蚕。

【四】烝(zhēng) 长久。一说发语词。

【五】施(yì) 蔓延。

【六】伊威 土鳖虫，喜欢生活在潮湿的地方。

【七】蟏蛸(xiāo shāo) 一种长脚蜘蛛。

【八】町畽(tǐng tuǎn) 有禽兽践踏痕迹的空地。

【九】熠耀(yì) 闪闪发光貌。宵行 萤火虫。

【十】垤(dié) 小土丘。

【十一】聿 将要。一说语助词。

【十二】结缡(lí) 将佩巾结在带子上，古代婚仪。

题解 这是一首远征的士兵在还乡途中想念家乡的抒情诗。士兵想象自己家乡现在的样子，想象妻子正在思念着他，多年不见，不知她是否像自己一样容颜已老。

伊威／蟏蛸／宵行

伊威，即土鳖虫、鼠妇，俗称西瓜虫、潮虫。其身体为椭圆形或长椭圆形，较平扁，背部稍隆，能蜷曲成球形，遇到危险会蜷成球形保命。鼠妇通常生活于潮湿、腐殖质丰富的地方，如潮湿处的石块下，腐烂的木料下、树洞中，潮湿的草丛和苔藓丛中。属杂食性，食枯叶枯草、菌孢子等。

蟏(xiāo)蛸(shāo)，又称喜蛛、喜母，是一种身体细长、脚很长的蜘蛛。蟏蛸一般呈暗褐色，常栖于水边草际或树间，结网成车轮状，捕食昆虫。民间认为蟏蛸出现是喜庆的征兆。

宵行，又称磷、夜光、救火等，即现在通常说的萤火虫，又被叫做火焰虫。萤火虫是萤科昆虫的统称，中国常见的有山窗萤、黄缘萤、中华黄萤等。萤火虫的独特之处是它们体内含有磷化物发光质，经发光酵素作用，可发黄绿冷光，在夜晚时飞行犹如点点星光，分外好看。

蠨蛸

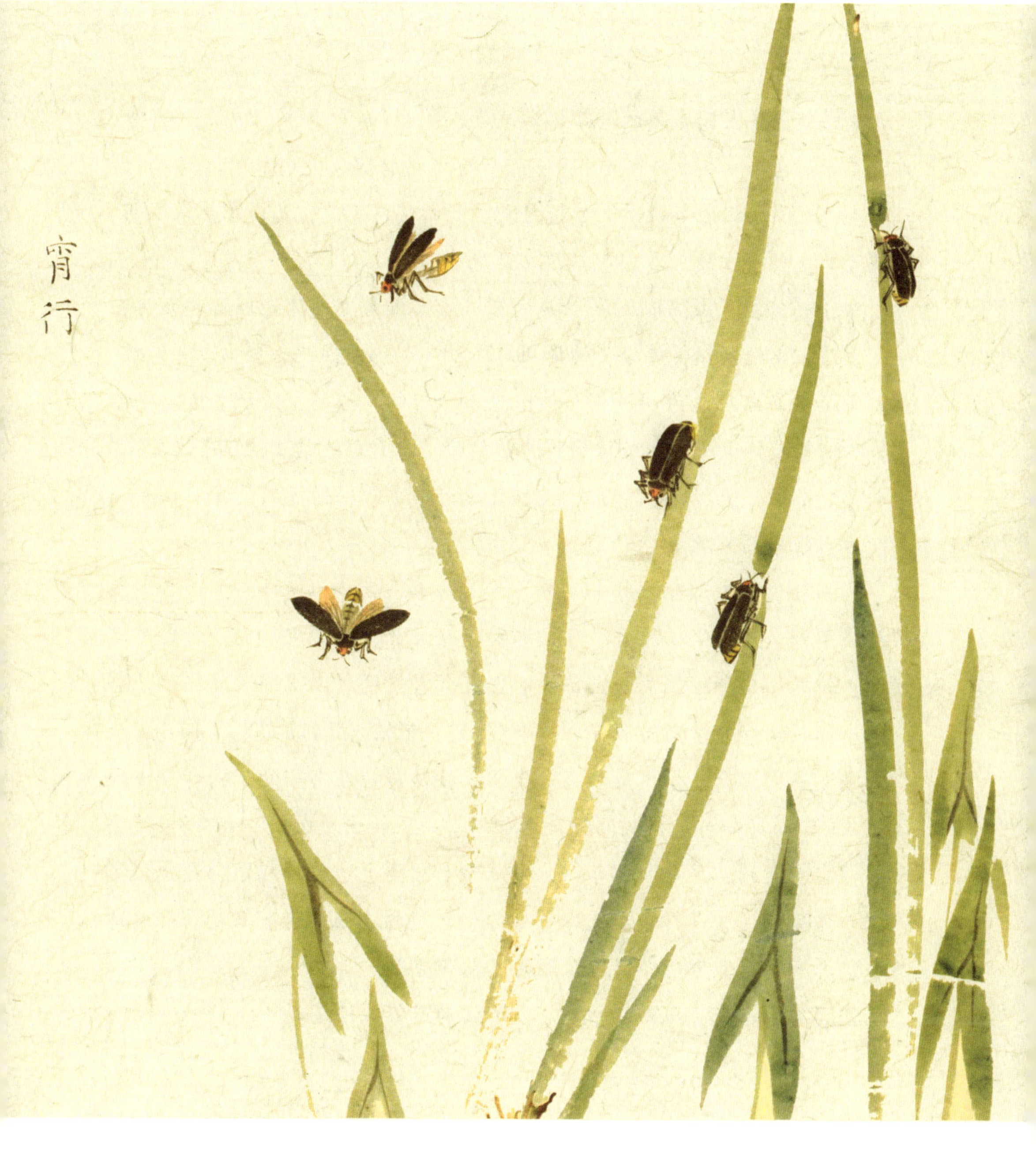
宵行

编后记

《诗经》是我国最早的一部诗歌总集，分为“风”“雅”“颂”三部分，作者已不可考，相传为尹吉甫采集、孔子编订。《诗经》最早称为《诗》或《诗三百》，直至西汉时期被奉为儒家经典，始称《诗经》，其内容丰富多彩，包罗万象，称得上是先秦时期的风俗风物志。

由于《诗经》成书时间早，其语言以四言体为主，读者理解起来存在一定困难，单纯阅读《诗经》的译注本又相对枯燥。因此，本书以《诗经》提到的草木鸟兽鱼虫为切入点，精选日本学者细井徇的《诗经》风物手绘图，对这些流传千年的风物进行现代性解读，以更贴近读者生活、更易懂、更易读，并将之命名为《万物之美》，让读者以更轻松的方式读懂《诗经》，感受古人眼中的万物之美。

本书分为六个部分，每个部分的体例基本一致，为《诗经》风物图及现代性解读、《诗经》原文、原文题解以及注释，在此需要向读者做两点说明：一是因《诗经》某一首诗同时提及两种或两种以上的风物，读者会在本书的不同部分读到同一首诗，如《小雅·车舝》提到了“柞”和“鷮”，但因属于不同部分（树木类和鸟禽类），故这首诗在书中的不同部分出现了两次；二是某一首诗提及两种或两种以上的风物出现在同一部分，如《鲁颂·泮水》提到“芹”和“茆”，同属于草植类，这首诗在该部分出现了两次。希望能通过这样一本图文并茂的千年博物志让读者有兴趣重拾《诗经》，并感受这部古老经典所蕴藏的灵韵和芬芳。

限于编者水平，疏漏在所难免，请读者不吝批评赐教。